梓 林太郎

反逆の山

実業之日本社

実業之日本社文庫

目次

第一章　銃口

1

新宿《しんじゅく》を十五時に発《た》った特急「あずさ61号」の指定席はほぼ満席だった。

座席を向かい合わせにして、道原伝吉《みちはらでんきち》と伏見《ふしみ》の両刑事は通路側に腰掛けている。七号車の最も六号車寄りである。六号車はグリーン車だ。したがって仕切りのドアを出入りする乗客は比較的少ないのだ。

通路の反対側の席には、中年の女性がすわっている。二人連れのようだ。その前の席も二人連れの女性で、顔がよく似ているところから、道原は母娘と見てとった。

伏見の横には、脂気のない髪をした若い男がすわっている。男は、クリーム色の長袖シャツにサンダルばきである。

浅《あさ》井《い》弘行《ひろゆき》といって二十六歳だ。

浅井は十日前、道原と伏見が勤める長野《ながの》県豊科《とよしな》署管内で、若い女性を殺して逃走した。

彼の住所も勤務先も東京だった。住所には警視庁の刑事が張り込んでいたが、浅井は帰らなかった。

事件現場で犯人らしい男を見掛けた人の話によると、黒い帽子をかぶって、サングラスを掛けていたような気がするといった。

被害者は、やはり東京に住む二十一歳の女性だった。彼女は、雑誌の「夏の信州特集」を見て、初めて安曇野《あずみの》を一人旅していた。

穂高《ほたか》町の農道を歩いているところを襲われた。それは夕方だった。

町の人が小型トラックを運転して橋を渡りかけた。橋から一五〇メートルほど離れた農道を、女性が這《は》うようにしていた。その後ろに黒い帽子の男がいた。

町の人は、初め若いカップルが花でも摘《つ》んでいるのだろうと思ったが、それにしてはようすがおかしいと感じて車をとめた。

黒い帽子の男は、蛙のように農道を這う女性の背中に乗るような恰好《かっこう》をした。

男はすぐに女性から離れた。女性のからだは夏草の中に埋まって、一部しか見えなかった。

女性から離れた男は立ち上がると、どうしたわけか走り出し、たちまちのうちに姿を消してしまった。

女性は立ち上がらなかった。

車を運転していた人は首を傾げていたが、背中に悪寒《おかん》が走ったような気分になり、近くの農家の人に、たったいま見た農道での状景を話した。

農家の人と一緒に農道を見に行った。

はたして、若い女性がうつぶせていた。彼女の両手は草をつかんでいた。彼女の周りの草が薄暮のなかで妙に光っていた。声を掛けたが、女性は身じろぎもしなかった。

彼女はすでに死亡していたのだった。

通報を受けて駆けつけた警察は、女性を解剖した。腹と背中をナイフで刺され、そこからの出血で死亡したのだった。

被害者の身辺を洗うと、すぐに加害者と目される男が浮上した。それが浅井弘行だった。

浅井は、自動車整備士だった。住まいから約一キロの整備工場に勤めていた。

彼は母と二人暮らしだった。姉が一人いたが、結婚して子供もいる。

浅井の父親は警察官だった。両親の結婚は遅く、浅井は父親が四十一歳のときに生まれた。

浅井の父親は健治《けんじ》という名で、警ら課に所属していた。ハコキンといって、いわゆる交番の巡査である。

浅井が六歳の夏だった。健治は葛飾《かつしか》区の水戸《みと》街道沿いにある交番に勤務していた。近くの信用金庫に拳銃を持った強盗が押し入った。客の母子を人質にとって、現金を袋に詰めろと脅した。

通報を受けた健治は自転車で、パトカーより先に信用金庫に乗り込んだ。彼の背後でパトカーのサイレンが近づいていた。

「女性と子供の手を放せ。銃を捨てろ」

健治は、信用金庫に入るなり大声でいった。彼は拳銃を抜いていた。

現金強奪に押し入った男は、母子を解放した。が、同時に、拳銃で健治を撃った。

強盗は、現金を持たず、乗ってきた車で逃走した。

しかし、五分と逃げないうちに、パトカーのはさみ撃ちに遭《あ》って捕まった。

健治は胸に銃弾を受け、背中に貫通する重傷を負った。病院で手当てを受けたが、妻と二人の子供、署長と信用金庫の理事長らに見守られながら、息を引き取った。

この話を道原は、上京して、かつての健治の同僚からきいた。

「健さんのせがれが、殺人《コロシ》を……」

元同僚は天を仰いだ。

浅井は、母親から父親の話を耳にタコができるほどきいて育った。

彼は高校の卒業が近づいたころ、警察官になりたいと、担任教諭に話した。この志望は母親にも伝わったが、「警察官にだけはならないでくれ」という母親の頼みで、彼は断念した。

浅井は、真面目な整備士だった。

同僚とたまに飲みに行くスナックで、アルバイトの高津弥生《たかつやよい》と知り合った。

彼は弥生が好きになった。三カ月ほどして弥生は浅井のデートの誘いに応じた。

それからまた三カ月ほどして、彼と彼女は結ばれた。

浅井は弥生に夢中になった。毎晩スナックで飲めるほど経済的な余裕はないから、彼は毎夜十一時で店を退《ひ》ける彼女を、店の近くで待ち、自分の車で彼女の自宅へ送って行った。

弥生は浅井に、毎晩待っていられては困るといった。

理由が分からなくて浅井は彼女に、なぜかときいた。彼女は答えなかった。

二人の交際は三、四カ月つづいた。

浅井は弥生が、毎晩、店の近くで待っていられては困るといった理由を知った。

彼女には、浅井と同じような付き合い方をしている男がいたし、月に一度か二度、自宅へやってくる四十代の男がいた。男から金をもらう彼女は若いのに、わりに広いマンションに住んでいられるのだった。

それを知った浅井の頭は火がついたようになった。その炎は燃えさかるばかりで、彼は消す術《すべ》を知らなかった。彼にとっては、初めての熱愛だった。その直後に訪れたのは、これも初めての狂わんばかりの嫉妬だった。

弥生は七月に入るとすぐ、信州へ旅行するといった。買ってきた雑誌を浅井に見せ、信州がこんなにいいところとは知らなかったと話した。

浅井も彼女と一緒に旅行したかった。整備工場の社長に話して、休暇をもらうことを考えた。もし休暇をくれなかったら、やめる覚悟も決めた。

社長に話したところ、二日間なら休んでよいといわれた。日曜を入れれば三日休める。

浅井はこれを弥生に伝えた。彼女は、「一緒に行けるの」と喜ぶものと思っていたが、

「わたし、一人で旅行したいの」

彼女は冷《さ》めた声でそういった。

その言葉をきいて浅井は、彼女は一人旅ではないと感じた。べつの男と行くのだ。一緒に出発しなくても、現地で落ち合うのだろうと想像した。

彼女が出発する列車の時刻は分かっていた。

休暇を取った浅井は、弥生を尾行することにした。彼はウエストバッグにナイフを

隠し持った。男と旅行している弥生を、男もろとも刺し殺してやろうと計画したのだ。

弥生は、新宿から一人で特急に乗った。車両中央部の指定席にすわり、走り去る車窓の風景をじっと見ていた。

その彼女に、浅井はどれほど声を掛けたいと思ったか知れない。

弥生は、車内で買った弁当を食べ、ジュースを飲んだ。

松本《まつもと》で大糸《おおいと》線に乗り換え、穂高で降りた。

彼女は、駅前のコインロッカーに荷物を入れた。

駅前に立って、雑誌を見ながら考えているようだった。ここで誰かと待ち合わせするに違いないと、浅井は思った。

三十分たったが、彼女の前には誰も現われなかった。

彼女は、信州・安曇野特集を雑誌で初めて読んだが、現地へきてみると想像していた風景と違っていたのではなかろうか。そこで少しとまどい、これからの行動を練っていたようだ。

駅前には貸し自転車があるが、彼女は小さなバッグを肩に掛けて歩き始めた。

有名な美術館を見学したあと、川沿いの道をゆっくり歩いた。

その道路の下にあるわさび農場に興味を持ったのか、しゃがんでじっと見下ろしていた。

田圃《たんぼ》のあいだをくねくねと曲がる道を歩き、白や黄色の花を見つけると、そこにしゃがんだ。

陽が高い山の稜線に沈みかけた。

弥生は農道で、白い花を摘んでは歌を口ずさんでいた。

農道には誰もいなかった。観光旅行をしている人は、たいてい車か貸し自転車で、橋を渡って行く。

人の気配に振り向いた弥生は、浅井を見つけた。初めは、信じられないといった表情をしていたが、急に態度を変え、

「一人で旅行したいって、あれほどいったのに」

と、叫ぶような声を出した。

彼女は駆け出した。彼から逃げようとした。

転倒した。膝に怪我をしたらしく、うずくまった。

浅井は近寄った。「大丈夫?」ときいた。

「こないで。こないでよ」

彼女は眼尻を吊り上げた。

足が痛むらしく、草の上を這って逃げようとした。

「このやろう」

浅井の頭にまたも炎が燃え上がった。

彼はバッグからナイフを抜いた。草に足を取られている弥生をつかまえ、背中にナイフを突き刺した。彼女は悲鳴をあげた。仰向けになって苦しんだ。その腹をまた刺した。

彼女は、うつぶせになると両手で草をつかんだ。何度も唸った——。

弥生を刺し殺して逃げた浅井は、母親にも姉にも連絡してこなかった。

母親は、「あの子はかならずここへ戻ってきます」と、刑事にいった。

豊科署は、警視庁に連絡して、浅井が立ち回りそうなところへ捜査員を張り込ませた。

道原と伏見は出張して、自宅の張り込みに加わっていた。

事件発生から十日目の早朝、浅井が勤めていた整備工場へ、彼から電話があった。社長が電話に出て、浅井に自首を勧めた。

浅井は、現在隠れている場所を社長に告げた。足立《あだち》区と葛飾区の境を流れる中川《なかがわ》のほとりだった。

社長は車を運転してそこへ出掛けた。堤防上の道路をゆっくり走って行くと、浅井が車を見つけて道の端《はし》に立った。

彼は汚れた顔をし、汚れた物を着ていた。

車を降りた社長に頭を下げ、自首するから警察へ一緒に行ってくれといった。

弥生を殺してから山に逃げ込み、何日間か山中を徘徊《はいかい》していたのだという。

浅井が出頭した綾瀬《あやせ》署で、道原は彼に会った。気の好《よ》さそうな顔をした青年だった。写真では見ていたが、それ以上にひ弱な雰囲気の男だった。

簡単な取り調べのあと、浅井を豊科署へ連行することになった。

容疑者連行には通常自動車を使うのだが、中央自動車道・笹子《ささご》トンネルで車両の追突事故があり、火災が発生した。このため上下線とも、大月《おおつき》—甲府南《こうふみなみ》間が不通となった。甲州街道を使って向かうことになるが、途中、ひどい渋滞が予想された。

道原は、浅井のようすを豊科署に詳しく話し、列車で連行すると伝えた。署では、その護送方法を検討したうえ、道原と伏見の判断に委《ゆだ》ねることにした。

新宿駅に連絡して、座席の確保を依頼した。

新宿駅までは、綾瀬署員が車で送ることになった。

手錠は伏見がつないだ。その手にハンカチを結《ゆわ》えた。浅井は、黒い帽子を目深《まぶか》にかぶった。

列車は定刻に発車し、一時間半で甲府に着いた。一分停車で発車した。

左の車窓に南アルプス連峰が映り始めた。視程《してい》のよい日は、富士山が浮かぶが、夏の日中に見える日は少ないようだ。

八王子《はちおうじ》を過ぎてから浅井は眼をつむっていた。眠っていないことは分かっていた。ときどき目蓋《まぶた》が痙攣《けいれん》しているからだ。

この列車は十七時四十七分に松本に着く。

松本駅へは豊科署員が車で迎えることになっている。

あと一時間だ。道原は肚《はら》の中でつぶやいた。

鳳凰《ほうおう》山と甲斐駒《かいこま》ヶ岳が、ちらりと車窓に映ったが、列車がわずかに向きを変えたせいか見えなくなった。

伏見も道原と同じで、列車が早く松本へ着くのを希《ねが》ってか、腕時計に眼をやった。

彼の左手は、浅井と手錠でつながっている。だから時計は右手にはめているのだ。

2

「きゃっ」

道原の後方で女性の悲鳴がした。

伏見が、悲鳴のしたほうを向いた。その眼を道原はにらんだ。

こちらへ駆けてくる足音がした。

「とまれ」

男の叫び声がした。

足音は停止した。

道原は、浅井の顔に眼を向けた。

浅井は眼を開け、窓際の席から伏見と同じほうを見ている。

「なんだい？」

道原は女性の悲鳴や足音のほうを振り向かず、伏見にきいた。

「なんでしょう？」

伏見の眼には車内の異変が映っているらしいが、なにごとなのか分からないようだ。

道原は腰をずらして振り向いた。列車は彼の背中の方向へ走っているのだ。

車両の中央部の通路に、五十歳ぐらいの肥えた男がしゃがんでいた。クリーム色の半袖シャツを着ているが、なんだか震えているようだった。

足音を立てて駆けてきたのは、その男なのだろう。では、「とまれ」といった男はどこにいるのか。なぜ肥えた男に、停止を命じたのか。

浅井が腰を浮かした。車内のようすを見ようとしている。今まで眼をつむって、時折苦しげな表情をしていたが、女性の悲鳴と男の叫び声で、車内の異変に気づいたようだ。

「動くな」

道原は、浅井にいった。

浅井はすわり直した。手錠がかすかに鳴った。伏見は、手錠を隠しているハンカチを直した。

伏見は、通路の前方をじっと見つめた。

また、女性の小さな悲鳴に似た叫び声がした。

道原は振り向いた。女性の声がなんであるのかを知ろうとした男の乗客二人が立ち上がった。

「なんだい。なにしてるんだい？」

一人の男は背伸びした。

今度は、車両の前寄りでざわめきが起こった。が、人声はすぐにやんだ。

視野に入る乗客の顔を見ると、たいていの人が一点を見て怯《おび》えているようなのだ。

と、一組の男女が席を立った。女性が先に立って道原らがいるほうへ歩いてきた。

その女性は四十歳見当だ。白地に紺の水玉模様のワンピースを着ている。近くにきたから分かったが、彼女の顔色は蒼白だった。明らかに怯えている。

背後にはわりに背の高い男がいる。サングラスを掛けた面長だ。見当では歳は三十半ばだ。

女性は、サングラスの男に背中を突かれるらしく、そのたびに短い叫び声を出した。

サングラスの男は、女性のワンピースのベルトに手を掛けていた。

道原らのすぐ横の通路に立ちどまると、男は、

「悪いけど、席を代わってくれませんか」

と、最後尾に並んで腰掛けていた二人の女性にいった。

道原は、こんなふうに判断した。女性が精神的に急激な変化を起こした。それで一緒にいた男は、他の乗客に比較的迷惑にならない端の席へ移ることにした、と。

だが、それにしてはサングラスの男の態度は普通でない。本人のほうが興奮気味のように見えた。

さっき、こちらへ駆けてきた男はどうしたのか。すでに通路に姿は見えなかった。自分の席に戻ったのだろう。

では、駆ける足音に対して、「とまれ」といったのはいったいなになのか。まさかサングラスの男の声ではあるまい。

席を代わってくれといわれた二人の中年女性は、立ち上がった。一人は眉間に縦皺を寄せている。不愉快だといわんばかりだ。

もう一人のほうは白い帽子をかぶった。その人は通路に立ったとたんに、

「ひゃっ」

といって、白いバッグを胸に押しつけた。

道原と伏見は、その女性の視線の延長をたどった。

サングラスの男は、ブルーの縞柄のハンカチに隠した物を、水玉模様の女性の背中に突きつけているのだった。

拳銃だ。

道原はとっさに判断した。この判断は間違っていないだろう。

それなら、今までの数分間にきこえた悲鳴やら短い叫び声やらのすべてが納得できるのだった。水玉ワンピースの女性の異常なほどの怯え方も、もっともなことだった。

無理矢理席を代わらせられた二人の中年女性は、逃げるように車両の中央部へ移動した。

その前の席にいる母娘は、なにも知らぬげに眠っている。

サングラスの男は、水玉模様のワンピースの女性を、窓際の席にすわらせた。右手は彼女の胴から離れなかった。

彼女は短くなにかいった。男は無言で女性の胴を突いた。またも小さな叫び声が洩れた。

そのときである。

「刑事さん」

浅井がいった。彼は道原の眼を見ていった。

サングラスの男がこっちを向いた。

道原は、浅井の足を軽く蹴った。口を利《き》くなという合図だった。

浅井は、右手を強く左に引っ張った。伏見の左手がそっちへ持っていかれた。手錠が鳴った。

「浅井。おとなしくしろ」

伏見が低声《こごえ》でいった。手錠を隠しているハンカチのずれを直した。

「刑事さん」

浅井は、さっきよりも声を高くした。その声は確実にサングラスの男の耳に届いたようだ。

「どうした?」

道原が浅井にいった。

「助けてあげてください」

「…………」

「あの女の人を、助けてあげてください」

座席の周りがざわついた。

近くの席の乗客が、浅井が口にした、「刑事さん」という言葉をききつけたのだ。

「助けてあげてください」という言葉も耳に入れたのだ。

この車両の何人かは、サングラスの男が拳銃を女性に突きつけているのを目撃していそうだ。目《ま》の当たりにした人からきいた人もいるだろう。だから、発砲騒ぎにならないようにと、息を殺していたに違いない。

次の停車駅は小淵沢《こぶちざわ》だ。甲府を出て二十六分で着く。危険を感じたら、その駅で降りようと決めている乗客もいることだろう。

走る列車の中で頼りになるのは車掌である。鉄道警察隊員が乗り込んでいればそれに越したことはないが、どの列車にも乗務しているわけではない。

列車が次の駅へ早く着かないか。それまで全員が無事であることを祈っていたら、車両の後部で、「刑事さん」と呼ぶ男の声がした。

何人かが、「刑事さん」という声のしたほうを向いている。

浅井は、尖った瞳を道原に向け、

「どうして、助けてあげないんですか?」

と、きいた。周囲にきこえる声だった。

伏見は手錠を引っ張った。浅井は立ち上がろうとした。

「人を刺した者は捕まえるけど、撃とうとしている者は捕まえないんですか、刑事さん?」

「黙っていろ、浅井」

　伏見がいった。

「刑事……」

「刑事がいるらしい」

　そういう声が、道原の背後でし始めた。

　サングラスの男が中腰になった。彼はハンカチの中に拳銃をおさめ、浅井のほうを向いた。

「よけいな口を利くな」

　男はいった。浅井をにらみつけた。

「よけいなことじゃない。この列車に乗っているみんなが思っていることを、おれがいっただけだよ」

「それが、よけいなことだっていうんだ、このやろう」

　ハンカチに隠れてはいるが、銃口は浅井のほうを向いた。

「よせ」

　道原がいった。

「ほんとに、刑事か?」

　男は、道原に銃口を向けた。

「ほんとだ。銃はしまってくれ」

「怖いのか。刑事でも、これは怖いのか」

男は、ハンカチの中で銃を上下に動かした。

六号車側のドアが開いた。車掌が入ってきた。

「早く通れ」

サングラスの男は、顎で車掌にいった。

車掌はたぶん、前部の車掌から七号車のようすがおかしいという連絡を受けたのだろう。

車掌は棒立ちになり、周りを見回した。

サングラスの男の横の女性は、前の座席に額を押しつけるようにして震えている。

車掌は通り過ぎようとした。道原は立ち上がった。車掌に耳打ちしたいことを思いついたからだった。

「あんたは、動くな」

サングラスの男がいった。

「車掌さん。臨時停車してください」

道原はいった。

車掌は震える顎を引いた。

「勝手なことをするな」

サングラスだ。車掌は動けなくなった。

「あんたはどこで降りたいんだ？」

道原がサングラスにきいた。

「終点まで行くつもりだったが、こうなったら、それはヤバいな」

小淵沢まではまだ十分を要する。いま、穴山《あなやま》か日野春《ひのはる》あたりだろうか。

「このばあさんが騒ぐから、予定が狂った。ちくしょう」

男は、水玉模様の女性の足を蹴った。

「刑事さんは、なぜ、なぜ助けないんだ」

浅井は、道原に眼を据えた。その眼はまるで殺気立っているようだった。

伏見は、左手を引っ張った。手錠を隠していたハンカチが飛んだ。

伏見は、通路に落ちたハンカチを拾った。拾ってゆっくり上体を起こすと見せかけ、
右手でサングラスの男の手を、手刀ですくい上げるように叩こうとした。

男は、それを予期していたように避け、逆に伏見の脛《すね》を蹴った。

伏見は奥歯を嚙んだ。こたえたようだった。
二、三分経過した。

3

「お前、どこまで連れて行かれるんだ？」

サングラスの男は、通路をへだてた窓際の席の浅井にきいた。

「どこだっていいじゃないか」

「ふん。どうせスリか放火だろ。それとも、レイプか？」

「あんたは、ヤクザか？」

浅井はムキになっている。

「なめるな、若造」

「ピストル持ってるじゃないか」

「こういう厚かましいばあさんを脅すには、これが一番だ」

道原が見るに、男は暴力団関係者ではなさそうだ。ブルーの上着に縞のシャツ、白い綿ズボンに白のスニーカー姿だ。ほかに荷物はなさそうである。

窓際の席で顔をあげない女性は、「ばあさん」などと男に呼ばれているが、四十そこそこで、上品な顔立ちをしている。なぜ拳銃で脅されて列車に乗ることになったのか、道原には想像がつかなかった。

「刑事さん。ここであんたたちが、もしおれを取り押さえたら、大変な手柄だよな。ここに乗っている人たちからは、さすがは刑事だといって拍手されるだろうね」

道原は、男に勝手に喋らせておくことだと思った。

「もし、あの若造がいなかったら、あんたはおれのこういうところを見ても、眠っている振りをして、松本まで行っただろうね」

男は、水玉模様の女性に寄りかかるようにした。

道原に飛びかかられるのを警戒しているようだ。

「刑事さん」

浅井だ。

「なんだ?」

道原がきいた。

「このまま、松本まで行くんですか?」

「そうだ」

「刑事さんは、あんなヤクザみたいな人に、なにをいわれても、なんにもいい返さないんですね」

「お前は、黙っていろ」

「黙っていません」

浅井は、少年のような眼をしている。

「お前は、いま、大事なときなんだよ。人のことより、自分がやったことを、よく考えるんだ」

「おれは、自分のやったことがなにかを、よく知っています。なにもかも承知の上でやったんですから。……刑事さんこそ、話を逸《そ》らさないでください。おれは逃げたりしないから、これをはずして、あの人に掛ければいいのに」

浅井は手錠のことをいった。

「このやろう。お前には、これが見えないのか？」

サングラスの男は、伏見の陰になった浅井に銃口を向けるしぐさをした。

列車が小淵沢に近づいたというアナウンスがあった。小海《こうみ》線の小諸《こもろ》行きは、六分の待ち合わせで十七時五分発だと告げた。

拳銃を持った男は、アナウンスをきいているのか、サングラスの奥の瞳を動かした。

周りにいる乗客の眼は、道原一点に注がれている気がした。男の銃口より、これのほうがむしろ怖かった。

列車はあと二分ほどで駅に着く。拳銃を持った男はどうするか。この列車に乗りつづけるか、女性の背中に銃を突きつけて降りるかを、じっと窺《うかが》っているのだ。

男がどうするかも乗客の関心の一つだが、二人の刑事がどんな行動に出るかを注目しているだろう。

刑事の一人は、逮捕した男と手錠をつないでいる。だから単独行動は無理だ。ならば手の空いている中年刑事はどうするのか。

男が女性を人質にとって列車を降り、駅を出て行くのを、手をこまねいて見ているのだろうか。

拳銃を持った男に、小バカにするようなことをいわれたり、逮捕された若者に、「女性を助けてやってくれ」といわれても、まるで眼の前の現実が見えていないように黙っている。

それは、犯人を護送中だからか。反抗すると、拳銃を持っている男がなお興奮する怖れがあるからか。

しかし、多くの乗客の眼に道原は、男に組みつく勇気がないからだと映っているのではないか。

さっき男に脅された車掌は、中央部の通路にあぐらをかいている。彼はここを抜け出して、車内の事件を、知らせたくて焦っていることだろう。

列車から早く事件発生を知らせれば、最寄り駅の所轄警察は、駅で待機する。犯人が拳銃を携行しているとなれば、警官も銃を備えなくてはならない。場合によっては、犯人の狙撃も考えなくてはならない。

「降りるのか？」

道原は男にきいた。

「あんたは刑事だから分かるだろうが、今度の駅で降りたほうが安全だよな？」

「安全とは、どういう意味かね？」

「捕まらないということだよ」

「どうかな？」

「どうかなって、とぼけやがって。おれのことはまだ駅が知らないんじゃないか？」

「分からない」

「誰かが知らせたと思うか？」

「私はここを動いていないのだから、どういうことになっているか、分からない。あの車掌さんにきいてみろ」

男は、車掌を手招きした。

車掌は床を這って近づいた。

「おれのことを、駅に連絡したのか？」

男はいった。彼は、伏見の動きを警戒しているらしく、車掌に声を掛けながら、伏見を見ている。

「いいえ」

「誰も連絡していないんだな?」

「していません」

「ほんとうだろうな。もしホームにお巡りが一人でもいたら、これだぞ」

男は、銃口を車掌の頭に向けた。

車掌は帽子の上から頭を抱えた。

列車はホームに入った。車内アナウンスは、七号車の異変を知らぬげに、「小淵沢、小淵沢。小海線乗り換え」と繰り返した。

男は女性を立たせた。

女性はバッグを胸に押しつけて、通路に出てきた。

急に浅井が暴れ出した。伏見の足を蹴り、それを押さえようとした道原の腹を膝で蹴った。

道原は床に、両膝から崩れた。

「あんたたちは、警察官じゃない」

浅井はわめいた。

道原の背後で、浅井の言葉に同調するような声があがった。

グリーン車のほうから、三歳ぐらいの子供を連れた女性が入ってきた。七号車の騒ぎを眼にして、子供を抱き寄せた。

伏見が、右手で浅井の腹に拳を打ち込んだ。浅井は、「うっ」と、うめいたが、

「ピストル持ってるやつにはなんにもできないくせに、弱い者には、こんなことするのか」

浅井は苦しげだが、大声で叫んだ。

「刑事さん」

サングラスの男がいった。

「なんだ」

伏見は、立っている男を座席から見上げた。

「その若造を放してやってくれないか」

「なんだと」

伏見は中腰になった。

道原は、やっと立ち上がることができた。

「すわってくれ」

男は、拳銃で道原の肩を叩いた。

列車はとまった。ドアの開く音がした。

ホームに立っている人影が見えた。

この車両からも何人かが降りるようだ。その人たちは八号車寄りの出口を使った。

「早く、放せ」

男は、道原の肩口から銃口を伏見に向けていった。

「降りよう」

道原がいった。

男はなにもいわない。賛成したようだ。

伏見は、浅井を引っ張るようにして、六号車寄りから降りた。道原がつづいた。ホームに眼を配ったが、警官らしい者はいなかった。

道原の後ろに車掌がつづいた。

その車掌は、ホームに降りるやいなや、人を掻き分けて走り出した。駅務員に知らせるつもりだったのだろう。

銃が鳴った。

男が撃ったのだ。

ホームで悲鳴があがった。手を取り合ったり、女性の肩を抱えるようにして走る男がいた。

車掌は、ホームの白線の上に膝を突いた。正座したのだ。

道原は、ほっとした。どうやら男は、ホームの床に向けて発射したようだ。周りに倒れている人はいなかった。硬い場所に弾丸が当たった場合、そこで跳ねた弾丸が前方や斜めに飛ぶ。これを跳弾《ちょうだん》と呼ぶが、思いがけない被害を受けることがある。

車掌は腰が抜けたのか、正座したまま動かなかった。

駅務員が駆けてきた。それを見て、道原は手を横に振った。近づくなという合図だった。若い駅務員には、なにが起こったのか呑み込めないらしく、怪訝《けげん》そうな顔をして立ちどまった。

「若造を放せっていうのに、きこえないのか」

男は伏見にいった。

「放して、どうするんだ？」

「逃がしてやれっていうことだよ」

「そうはいかない。この人は重大な罪を犯した」

「さっきから、若造がいってるじゃないか。あんたらは、警察官じゃないって。この若造はな、ほかの刑事に捕まりたかったんだよ。早く逃がしてやれ。どうせすぐに捕まる」

「そんなことがきけるか」

「そっちの刑事さんのいうことなら、こいつはなんでもききそうだ。手錠を解くようにいってくれ。そうしないと、もう一発、こいつが火を吹くぞ」

男は銃を振った。脅しではなさそうだった。

道原は、浅井の顔をにらんだ。唇が切れてシャツに血が飛んでいる。車内で暴れたさいに切ったのだ。

伏見の頬にも、爪で引っ掻かれたような赤い条《すじ》が二本あった。

ホームの成り行きをじっと見ているように、列車は発車しなかった。警察には連絡は届いていることだろう。

「放そう」

道原は、伏見に低声《こごえ》でいった。

伏見はうなずいた。ポケットから紐のついた小さなキーを出した。

「若造には手錠をしたままにしてくれ」

男がいった。

伏見は、自分の手首から手錠を抜いた。

「早く逃げろ」

男は浅井にいった。

浅井は、右手に手錠をぶら下げたまま、二、三歩横に歩いた。

「刑事は、列車に乗れ」

伏見は、そういった男のスキを窺っているようだった。彼は飛び掛かるつもりらしい。

男は、伏見の肚の裡《うち》を読んでか、列車に沿って後退した。

道原は伏見を促した。

伏見は唇を噛んだ。

二人はデッキに乗った。

拳銃を持った男は、ホームを列車の後部へ走った。

また女性の悲鳴がした。ホームにいる若い女性の声だ。

ドアが閉まった。三十秒ほどして、列車は動き出した。

西陽の照りつけるホームに浅井が立って、デッキの道原と伏見を見ていた。浅井はどんな思いでいるのだろうか。

人質になっていた女性は、口に手を当てていた。あまりの緊張に気分でも悪くなったようだった。

4

道原と伏見は、最後尾の一号車へと走った。グリーン車の隣の乗務員室に誰もいなかったからだ。たぶん、ホームで撃たれそうになり、そのまますわり込んでしまった車掌が、グリーン車の係だったのだろう。

最後尾にいた車掌は電話を掛けていた。拳銃を持った男に脅されて、発車させたことを連絡しているに違いなかった。

「次の停車駅は、茅野《ちの》ですか？」

電話を終えた車掌に、手帳を見せてきいた。

「そうです。警察の方ですか？」

車掌は、二人の警官がどこから乗り込んだのかという顔をした。

列車は、小淵沢駅を定刻より四分遅れて発車したのだという。本来なら十七時十五分に茅野に着くはずだったが、十七時十九分ごろになるだろうという。

豊科署から至急この列車に電話してもらうように車掌に頼んだ。

三分後に、四賀《しが》刑事課長から電話が入った。

「な、なにっ。容疑者の浅井弘行を解放した……」

課長は天を仰いだようだ。

道原は、拳銃を持って女性を人質にした男と乗り合わせてしまったこと、その男を見た浅井が、「刑事さん」といってしまったことなどを掻い摘まんで話した。

「申し訳ありません。他の乗客の安全を考えると、どうしても拳銃を持った男に組みつくことは……」

道原は唇を噛んだ。

「そりゃ、伝《でん》さんじゃなくてもできなかっただろう。だが、なぜ浅井を解放したんだね？」

「課長。それはあとで詳しく報告します。この列車は十七時十九分ごろに茅野に着きます。私たちはそこで降ります。諏訪《すわ》署に連絡して、銃を持った男のことと、浅井を解放したことを伝えてください」

殺人容疑者を解放した。拳銃を持った男が女性を人質にしている。緊急配備である。

「伝さん、落ち着け。小淵沢駅は山梨《やまなし》県だ。甲府を過ぎたところでその男と、伝さんたちは出くわしたんだろ？」

「そうです」

「それなら山梨県警の管内だ。伝さん、列車はいま、どこを走っている？」

「間もなく富士見《ふじみ》だそうです」

道原は、車掌にきいて答えた。

「それなら、富士見へ臨時停車してもらってくれ。そこから、列車でもなんでもいいから、小淵沢へ戻るんだ。……そうだ。富士見町には諏訪署の交番がある。とにかく、諏訪署に連絡する」

課長もあわてているようだ。

列車は、十七時十二分に富士見駅に臨時停車し、二人の刑事を降ろした。

乗客は、またもなにが起こったのかと、窓に額をくっつけるようにしてのぞいていた。

列車は警笛を一つ鳴らして発車した。

駅務員に、交番の場所をきいた。そこは近かった。道原と伏見は走った。

交番では制服警官が受話器を耳に当てていた。ほかには誰もいなかった。

道原は、豊科署の者だと、大声でいった。

「もしもし。ただいま、豊科署の方が……。は、はい、二人です。はい、はい、了解しました」

四十歳見当の警官は受話器を置いた。階級は巡査部長だった。彼は諏訪署からの連絡を受けていたのだった。

「道原と伏見です」

道原がいった。顔を汗が流れ落ちるのが分かった。

「大変なことになりましたね」

熊谷《くまがい》という巡査部長はいった。

「車はありますか？」

「ありますが……」

「すぐに小淵沢まで戻りたいんです」

ここへくるまでに富士見駅で上り列車の時刻をきいた。十七時二十三分に通過する特急を臨時停車させる方法もないことはなかったが、ＪＲが警察の要望を呑まないと、そのまま通過されてしまうことになる。

それよりも警察のことは警察でということで交番へ走ったのだった。

「では、すぐに」

熊谷は外へ出て行った。

彼は、灰色のライトバンを交番の前へとめた。

道原と伏見は、その車に乗り込んだ。富士見から小淵沢までは九キロあまりだという。

「おい。忘れていた」

道原は伏見にいった。

「なんですか？」

「東京から乗った列車の網棚に、バッグをのせたままだった」

「そうか。ぼくもすっかり忘れていました。浅井の荷物も同じですよ」

「あの特急は、松本どまりだったな」

「松本駅が保管してくれるでしょうが、警察官の物と分かるでしょうか？」

「警視庁綾瀬署から受け取った書類と、浅井の調書が入っている」

「ぼくのほうには、カメラが入っています」

「あの列車は、まだ松本に着かないな」

「松本着は、十七時四十七分です」

熊谷に車をとめさせた。公衆電話を見つけたのだ。

豊科署へ掛けた。「あずさ61号」の七号車の網棚にバッグを三つ置いたことを伝えた。道原と伏見のバッグには汚れた着替えが入っているが、それはどうでもよい。もしも書類が心ない者の手に渡ると困るのだ。警察の重要書類と知ると、面白がって人に見せたりする者がいる。

伏見のバッグには、浅井の手配写真が入っている。カメラには逮捕後、浅井を撮ったフィルムが収まっている。

道原の電話で署では、ただちに走行中の「あずさ61号」に連絡し、網棚の荷物を確保するだろう。


小淵沢駅に着いた。

駅前にパトカーが二台とまっていた。黒と灰色の乗用車が無造作にとめてあるが、これも警察の車両だろう。

大勢の人が駅のほうを見ている。事件発生を知って近くの家や店から飛び出してきた人もいるだろうが、明らかにハイカーと分かる人もいた。中にはゴルフ帰りらしく、キャディバッグを持って立つ、陽焼けした顔の男もいた。

道原は制服の巡査に手帳を示し、現場責任者に会いたいと告げた。

巡査は敬礼すると、改札口のほうに駆けて行った。

ホームには私服警官が何人もいた。スケールで計っている人もいれば、撮影している人もいた。みな警察官だ。

拳銃を持った男と浅井は、捕まったのだろうか。初めに浅井の姿を見た警官はなにを想像しただろうか。なにしろ彼は、手錠をぶら下げているのだ。

男に人質にされていた四十歳ぐらいの女性は、無事保護されただろうか。彼女はこの駅のホームで口を押さえて苦しげな表情をしていたものだ。彼女はいったいどこからあの男に連れられてきたのだろうか。

「私に会いたいというのは、どなたですか？」

ずんぐりしたからだつきの四十半ばの男が、駅務員の肩越しにいった。

「私です。長野県豊科署の道原と伏見です」

「豊科署……。なんでしょうか？」

忙しいから早く用件をいえといわんばかりだった。刑事にこのタイプは多い。

道原と伏見は、改札口からホームへ入って、

「私たちは、『あずさ61号』で、容疑者の男を署に連れて行くところでした」

その車両に、拳銃を持って女性を人質にしていた男が乗っていたのだ、と話した。

山梨県警の刑事の顔つきが一変した。彼はシャツのポケットから名刺入れを出した。長坂《ながさか》署の刑事で、高浜《たかはま》という警部だった。

「列車から降りて、ホームで若い男の手錠を解いたというのは、道原さんたちでしたか」

「拳銃を持った男のいいなりになりました」

「護送中の若い男は、なにをしたんですか？」

「殺人です」

「殺人……。殺人犯を列車で……」

今になって考えると、列車での護送はやはりまずかった。

浅井の護送については、綾瀬署から豊科署へ連絡して打ち合わせした。浅井はおとなしかった。雇い主の社長に付き添われてだが自首して、犯行を全面的に認めた。社長に迷惑を掛けてすまなかったと謝り、署へやってきた母と姉にも頭を下げた。

四賀課長からは、「列車で大丈夫か」と念を押された。伏見も電話に出て、「大丈夫です」と課長にいった。

「片手に手錠をぶら下げているのは、その男ですね？」

高浜はきいた。

彼は、小淵沢駅から事件発生の通報を受けてのちのもようを話した。ホームに拳銃を持った男がいる。その男は、列車から降りた車掌を撃ったが、弾丸は当たらなかった。拳銃を持った男と一緒に、手錠をぶら下げた若い男が一人いる。若い男は二人の刑事とともに列車から降りた。刑事は、若い男とつないでいた手錠を取った。二人の刑事は、拳銃男も手錠男も、ホームに置き去りにして、列車に乗って行ってしまった、ということだった。

拳銃を持った男は、中年女性の手を取り、手錠をぶら下げた男と一緒に駅舎を出、客を迎えにきていた民宿の車に乗り込んだ。その車には、民宿の経営者の妻が運転席にいた。

拳銃で脅され、民宿へ連れて行くはずだった二組の客を駅前に残して去って行った。緊急配備をして、目下その車の行方をさがしているところだと、高浜は説明した。

高浜は、さっき道原らが「あずさ61号」から降りたホームで話をききたいといった。道原にとってこのホームは、忌《い》まわしいところとなった。

道原と伏見は、長坂署の係官に先刻の出来事を詳しく話した。サングラスの三十半ばの男がホームを駆けて行く車掌のほうへ銃弾を発射したことも話した。

道原の眼には威嚇射撃に映ったが、どうだったろうか。

5

道原と伏見が、「あずさ61号」を富士見駅へ臨時停車させたころ、拳銃を所持した男は、小淵沢駅前にとまっていた民宿のワゴン車を脅して、それに乗ったという。

その車には、人質になっていた中年女性も浅井も乗った。

どこへ走り去ったのかいまのところ分かっていない。

彼らが乗った車の持ち主はすぐに判明した。小淵沢駅から車で十五分ほどの早乙女《さおとめ》荘《そう》だった。主人は松沢忠作《まつざわちゅうさく》という。妻は房子《ふさこ》で、三十一歳だということが分かった。

警察の連絡を受けて早乙女荘の主人は、腰を抜かしたような声を出した。それは当然である。

駅に着く宿泊客を迎えに妻の房子がワゴン車を運転して出掛けた。そろそろ到着するころかと思っていたら電話で警察官に、拳銃所持の男に車ごと奪われたといわれた。車には、片手に手錠をぶら下げている若い男も同乗しているという。松沢は、どうしたらいいのかと警官にきいた。

「奥さんから連絡があると思いますから、ご主人はそこにいてください。新しい情報が入り次第、連絡します」

警官はそういった。

道原は、豊科署へ電話し、浅井が拳銃を持った男と一緒に行動しているらしいと報告した。

「伝さん。浅井は、どういうつもりなんだろうねえ？」

四賀課長だ。

「綾瀬署では、弥生を殺したことを全面的に認め、彼女にいくら詫びても詫びきれるものではないといっていたのに……」

道原は、取調室での浅井を思い出していった。

「車内で、拳銃男を見たら、急に浅井の態度が変わったんだね？」

「そうです。拳銃を持った男は、人質にした女性の脇腹を何度も突っつきました。それを見た彼は、私たちに、『刑事さん』といったんです」

「その声が、拳銃男にきこえたんだね？」

「その男だけでなく、周りにいる乗客にもきこえました。それは浅井にも分かったと思います。それで彼は、人質の女性を助けてやってくれと私にいいました」

「うむ……」

「浅井は、自分は逃げないから、手錠をはずして、拳銃男に掛けろなんていいました」

「そういう浅井を、拳銃男が一緒に連れて行くというのも、解《げ》せないねえ」

「まったくです」

「人質にされている女性の身元も不明なんだね？」

「名前すらも分かっていません」

「男はヤクザ風かね？」

「いえ。私が見るには、まともな職業についていた男のようです」

「しかし、拳銃を持っていたじゃないか。どんな銃だったか、伝さんは見たかね？」

「リボルバーだったと思います。車内ではハンカチで隠していましたが、ホームに降りて、一発撃ちました」

「撃った。怪我人は？」

「威嚇のようでした。銃口を最初から下に向けていましたから。……そのとき、銃ははっきり見えました」

浅井もだが、道原には拳銃を持った男の気持ちも理解できない。

車内で浅井は男に敵意をむき出しにした。男のほうも浅井を小バカにするような口を利いた。それなのに、ホームに降りると、男は手錠をはずして解放しろといった。しかしそれは刑事から手錠を解けということで、浅井の手首には光った鉄の輪がはまっているし、伏見の腕から抜いた一方の輪がぶら下がっているのだ。

浅井の手にそれがはまっているかぎり、脱走した罪人であることは誰にも一目瞭然だ。

男は、浅井を人質に取ったとは思えない。彼には四十歳見当の、上品な顔立ちの人質がいる。人質の人数を増やせば、それだけ行動が鈍くなる。どこまで連れて行くつもりか知らぬが、長時間に及べば飲み食いも必要になる。

男は、浅井と同じで、いったん警察の手に捕まったが、スキをみて脱走してきたのではないか。その道すがら女性を人質に取ったことも考えられる。

拳銃男は、新宿から特急列車に乗り込んだのか。

そして七号車の座席にすわった。その隣の席にいた女性が、たまたま人質にされてしまったのだろうか。

七号車は指定席だった。道原らは新宿駅に連絡して三人分の座席を確保してもらったのだ。

八王子《はちおうじ》を過ぎたところで検札があった。そのとき、男に指定券がなかったら、そこで指定席の料金を払うか、空席でなかったら、他の席か自由席車へ追い出されるはずだった。

騒ぎ出したのは甲府を発車してすぐだった。道原は気づかなかったが、男は甲府から指定券を買って乗ったのかもしれない。女性のほうは新宿か、または八王子から乗ったのだろう。

男と人質の女性は、七号車の前部にいた。人質の女性の怯えが激しくなったため、男に拳銃で脅されていることが周囲の乗客に知れてしまった。

そこで男は人質を連れて後部に移った。このとき、二人に荷物があれば持ってきそうなものだった。

女性が持っていたのは、白いハンドバッグだけである。

そのことから推して、やはり二人は、新宿か八王子から荷物を持たずに乗車したのではなかろうか。つまり乗る前から女性は男の人質になっていたように思われるのだ。

道原はホームの端にしゃがんだ。

「気分でも悪くなりましたか?」

伏見と熊谷が気を遣った。

「いや。浅井とあの男のことを考えているんだ」

十八時三分着の「あずさ63号」が入線してくるというアナウンスがあった。

上りの乗客は多いが、下りに乗る人は少ないらしく、ホームは閑散としていた。

「道原さん」

駅長事務室の前から高浜が呼んだ。

道原と伏見と熊谷は駆けて行った。

「松沢房子さんが、車にガソリンを入れましたよ」

拳銃男に乗り込まれた民宿の細君だ。

そこは、富士見高原スキー場の南側に当たるガソリンスタンドだという。

「では、長野県側ですね？」

道原はいった。

「そういうことになります」

高浜は憮然《ぶぜん》とした顔をした。山梨県で事件を発生させた犯人が、長野県に逃げ込んだからだ。

「そのガソリンスタンドは、彼女を知っていたのでしょうか？」

「いや。スタンドの人に、彼女が警察に知らせてくれといったそうです」

道原らは熊谷の運転する車に乗った。

松沢房子が給油したというガソリンスタンドは、熊谷が勤務している富士見交番の受け持ち地域だ。

松沢房子の運転する車には、拳銃を持った男と人質の女性、それから浅井が乗っているはずだ。彼女は、彼らに気づかれないように、スタンドの人に耳打ちしたのだろうか。

ガソリンスタンドに着くと、給油の客と見てか、店員が、「いらっしゃいませ」といって飛び出してきた。

警察官だと分かると店員は事務室へ案内した。

三十歳ぐらいの作業服の男の店員が出てきた。

「青いワゴン車が入ってきて、満タンにしてくれといいました」

店員がいった。

「どんな人が運転していましたか?」

「女の人です」

「いくつぐらいの?」

「三十歳ぐらいでしょうか、髪を後ろで束ねた人です」

松沢房子らしい。

彼女は支払いに一万円札を出し、ウインクした。札の裏に小さなメモ紙があり、それを店員の手ににぎらせるようにした。

一万円札を受け取った彼は、釣り銭を取りに事務室へ行って、メモを読んだ。

「これがそのメモです」

メモ紙は幅二センチ、長さ五センチほどで、

「ケイサツにデンワして。マツザワ」

と鉛筆で書いてあった。

それを見た店員は、ワゴン車のナンバーを控えた。

一人が一一〇番通報し、一人が釣り銭を運転席の女性に渡した。

「その車には何人乗っていましたか？」

「運転していた女の人のほかに、男と女が乗っていました」

「全部で三人？」

「はい」

「間違いないですか？」

伏見が念を押した。

「三人しか見えませんでした」

「男の特徴は？」

「サングラスを掛けていました。顔とか歳はよく分かりません」

「黒い野球帽をかぶっていなかったですか？」

「帽子はかぶっていなかったようでした」

浅井はどうしたのか。乗っていたが、姿勢を低くしていたのか。

「ぼくが、灰皿を掃除しましょうかとか、ガラスを拭きましょうかというと、女の人はまた片方の眼をつぶって見せて、出て行ってしまいました」

たぶん拳銃男に、早く発車させろといわれたのだろう。

遠くからサイレンがきこえた。パトカーだ。一一〇番通報によって指令を受けた諏訪署の車に違いない。

ワゴン車は西北の方向、つまり蓼科《たてしな》方面へ走り去ったという。

日暮れが迫った森林の中を、白い道路が西北に伸びていた。

その方向からライトをつけて乗用車がやってきた。パトカーで到着した警官は、ライトを振って車をとめた。ワゴン車を見なかったかと質問した。若いカップルは、首を横に振った。

第二章　悪　夢

1

午後八時になったが、房子から早乙女荘には連絡が入らなかった。

山梨県警長坂署にも、長野県警諏訪署にも、松沢房子の運転する青いワゴン車に関する情報は寄せられなかった。

両県警は緊急協議の結果、事件をマスコミに流すことにした。

小淵沢駅で発生した事件のニュースが、テレビで伝えられたのは、午後七時だった。一般からの情報を期待したのだが、意外に少なかった。夜十一時過ぎのニュースでは効果が少ない。ドラマを観終わってテレビを消す家庭が多いからだ。

これが都会だと違うだろうが、地方は視聴率がぐんと落ちるのである。

テレビニュースは、「青いワゴン車に関する一般からの情報を、両署では期待している」といったからか、それぞれの署に電話が六、七本掛かってきた。

「中央自動車道の韮崎《にらさき》、甲府間で、前を走っていた車がよく似ている」

「中央自動車道上り線で、笹子トンネルの手前で追い越して行ったワゴン車が、事件に関係があるのではないか」

「長野自動車道を、岡谷《おかや》から松本方面へ、フルスピードで追い越して行った車には、男女三人が乗っていた」

といった情報が寄せられた。

いずれもハイウエーを走って自宅に着いた人からの電話である。

諏訪市内の人からは、

「青いワゴン車が、諏訪湖岸の××ホテルの前にとまっている」

「一時間ほど前から、近くの農道に停車しているワゴン車がある。車内には少なくとも二人がいるらしい」

という電話が諏訪署に入った。

同署員は、その場所を正確に聞いて駆けつけてみたが、車種もナンバーも違っていた。

道原と伏見は、熊谷の運転する車で富士見交番に戻った。

二人は豊科署に帰ることができなかった。

四賀課長からは、二度電話が入り、帰ってくるようにといわれた。

道原は返事をしながら、一時間延ばしにしているのだった。

「やつらは、蓼科に近い林の中にでも入っているような気がするんだが」

道原はいった。

伏見はうなずいたが、疲れきったような表情をしている。

浅井を列車で護送したことの後悔が頭に充満しているようである。

「道原さん。彼らは車にガソリンを入れましたが、食料がありません。どこかで買ったのでしょうか？」

熊谷がいった。

「私もそれを考えている。買わなかったとしたら、空腹に耐えられなくて、ペンションとか別荘へ押し入りそうな気がします」

「浅井は、列車の中で食事をしましたか？」

「いや。警視庁の綾瀬署で昼食を摂《と》ったきりです。豊科署に着いたら食べさせるつもりでした」

交番の前に、車が二台着いた。

熊谷が椅子を立った。

白っぽい車から降りたのは、諏訪署の中島《なかじま》刑事だった。道原は彼と面識があった。

道原と伏見が驚いたのは、黒い乗用車から降りたメガネの男だった。豊科署の牛山《うしやま》刑事である。

牛山は伏見と同《おな》い年だ。

「道原さん、ご苦労さまです」

牛山はいった。

「おれたちを連れ戻せって、課長にいわれたのか?」

伏見が牛山にいった。

「おれの意思できたんだ」

牛山はタバコを出し、道原と伏見にすすめた。

道原は軽く頭を下げて遠慮した。伏見は手刀を切るようにして一本抜いた。

牛山は、諏訪署へ顔を出してきたという。

「君たちにも迷惑を掛けてしまった」

道原は牛山にいった。

「迷惑だなんて。道原さんと伏見は運が悪かっただけです。うちの課長もそういっています」

「課長は、自動車で護送することをすすめたんだ。いつものようにな」

「それもききました」

「浅井はおとなしかったし、列車でも絶対に大丈夫だと思ったんだ」

「拳銃を持った男と乗り合わせるなんてことがなかったら、何事も起こらなかったんですよ」

「おれがどうしても信じられないのは、拳銃を持った男を見てからの浅井の変わりようだ」

「浅井が、拳銃を持った野郎に、なにかいったんですか？」

「おれたちに、『刑事さん』ていったのが最初だった」

「その声は、男にきこえたんですか？」

「浅井はきこえるようにいったような気がする」

「嫌なやつですね」

牛山は、アルミの灰皿にタバコをひねり潰した。

「人質になっている女性を助けてやってくれと、おれたちにいった」

「まるで拳銃を持った男を組み伏せろといっているようじゃないですか」

「そうなんだ。刑事、いや、警察官ならそれをするのは当然じゃないかっていっているんだ」

「浅井には、列車の中がどういうことになるのかという判断がつかなかったんでしょうか？」

「いや。彼は異常者じゃない。女性を人質にしている男が憎かったようだ。伏見君とつないでいる手錠を解いて、あの男に掛けろともいった」

「浅井は、拳銃所持の男を見て怯えなかったんですか？」

「怯えていたら、男を挑発するようなことは口にしなかったと思う」

中島と熊谷は、道原と牛山の会話をじっときいている。

「まさか、浅井とその男はグルだったということはないでしょうね？」

「さっきからおれはそれを考えているんだ。浅井は誰とも連絡が取れなかったんだ。彼が新宿を十五時に発つ特急に乗ることは、綾瀬署の数人と、豊科署の者しか知らないはずじゃないか」

「綾瀬署では、新宿まで三人を車で送ったんですね？」

「そうだ」

「浅井はけさ、自首してきたんでしたね」

「ああ」

「それを知っている者がいたとしたら、どうでしょうか？」

「彼が勤めていた自動車整備工場の社長は当然知っていた。だが、浅井が十五時の特急で送られることは知らない」

「偶然に出会ったということは考えられませんか？」

「浅井と拳銃男が、知り合いだったというのかい？」

「ええ」

そんな偶然があるものだろうか。道原は天井を向いた。

「あの男のやったことも、理解に苦しむ」

道原は、熊谷が出してくれた麦茶を飲んだ。

伏見も喉を鳴らした。

「拳銃男のことですか？」

牛山は黒縁メガネのずれを直した。

「あの男は、浅井に敵意を持っていたはずだが、手錠を解けといった。その辺が二人がグルじゃないかと勘繰《かんぐ》るところだ」

「でも、浅井の手錠を、完全に取れっていったんじゃないんですね？」

「浅井の右手には、伏見君が抜いたほうがぶらさがっている」

「そういう男を、同じワゴン車に乗せて行ったというのもおかしいですね」

「人質になっていた女性は、どんな人ですか？」

いままで黙っていた中島がきいた。

「四十歳ぐらいだと思います。身長は一六〇センチ見当で、中肉です。白地に紺の水玉模様のワンピースを着て、白いバッグを持っていました。靴も白でした。普通の家庭婦人のようです。上品な顔立ちの人でした」

道原は、あらためて拳銃所持の男の風采《ふうさい》を説明した。

年齢は三十半ば。身長は一七七、八センチありそうだ。スリムな体型だった。面長で、殺気立った表情はしていたが、ととのった顔立ちのようだった。

服装は、ブルーの上着に縞のシャツ。ズボンは綿の白。スニーカーも白だった。

「ガソリンスタンドの従業員は、ワゴン車には三人しか乗っていなかったといったんですね?」

「男一人に女性が二人だといっていました」

「道原さんは、浅井はどうしたと思いますか?」

「推測ですが、ワゴン車に一緒に乗っていたでしょうね。姿勢を低くして隠れていたんじゃないでしょうか」

浅井は、クリーム色の長袖シャツに、ズボンはブルージーンズだ。サンダルばきだ。黒い野球帽をかぶっているが、これもかなり古い物である。

中島は、たったいま、道原からきいたことを、本署へ報告した。本署には有効な情報は入っていないという。

長坂署にも同じだろう。両署は情報を交換しているのだ。

「道原さん。忘れていました」

牛山だ。終点の松本に着いた「あずさ61号」の七号車から、ボストンバッグを三個収容したという。中味をあらため、道原、伏見、浅井の物であることを確認したという。

電話を終えた中島が、

「拳銃所持の男も浅井も、逃げきれるものじゃないことを今夜知ったと思います。あすの朝は、きっと手を挙げて出てきますよ」

と、道原と伏見を慰めるようにいった。

伏見は、思いついたようにズボンの裾を膝のところまでめくった。両方の脛の二カ所に出血した跡があり、何カ所かが黒ずんでいた。列車の中で浅井に蹴られた跡だ。道原も浅井に何度か蹴られた。膝で腹を蹴られ、一時、口が利けなかったものだ。

2

松沢忠作は、編笠《あみがさ》山山麓で民宿・早乙女荘を、妻の房子と二人でやっている。この仕事を始めて三年目だ。松沢は東京で会社勤めをしていた。山登りが好きで、真冬以外は月に二回、近間の山に登っていた。日帰りのこともあるし、一泊してくることもあった。

彼は、六年前の三十歳のとき、八《やつ》ヶ岳《たけ》の硫黄《いおう》岳で房子と知り合った。彼女は二十五歳だった。

松沢は単独だったが、房子は女性三人で登っていた。

彼と房子らの三人連れとは、山頂で最初に出会い、二度目は夏沢峠《なつざわとうげ》で会い、三度目に会ったのはオーレン小屋だった。

登山者の多い夏場なのに一日に三度も会うとはよほど縁があるということで、次の日の下りは四人一緒に行動した。

茅野から東京へ一緒に帰った。その間、松沢は三人の女性をフィルム二本に収め、プリントをそれぞれに送った。

最初に礼状をよこしたのが房子だった。

彼女は松沢に手紙を送りながら、電話も掛けてきた。それが彼を惹《ひ》きつけ、二人で会う機会をつくった。

松沢と房子は、翌年の初夏に結婚した。式と披露宴には、硫黄岳へ登った二人の女性も出席し、彼と彼女を大いに冷やかした。

松沢が勤めていた会社は中小企業で、業績が著しく悪化した。

房子も会社員だったが、彼女は調理師の資格を持っていた。もしも独身でいたら、小料理屋でもやろうと考えて、調理師の学校へ通ったのだった。

二人で高原や山を歩くうち、山麓で民宿をやりたいと話し合うようになった。蓼科、松本、塩尻《しおじり》、日光《にっこう》などの候補地を歩いてみた。

二人の話を耳にした友人が八ヶ岳山麓を勧めた。小海線もいいが、できたら中央線から直接行けるところを選ぶほうが賢明だと教えられた。

適当な場所が見つかった。現在の小淵沢だった。

二人で現地に立った。信州境で八ヶ岳公園道路の北側に当たり、穏やかな山容の編笠山が眺められた。

松沢の両親と兄、房子の両親が建設資金の一部を貸してくれた。他はローン返済とした。

松沢は名称を、「ペンション・編笠」とでもしたかった。房子は、控えめで人から親しまれるために、民宿のほうがよいと主張し、「早乙女荘」は彼女がつけた。権現《ごんげん》岳南麓にある早乙女ケ原がヒントになったのだった。

早乙女荘が完成した年の夏から秋にかけては、結構忙しかった。

東京にいる友人たちが宣伝してくれたからだった。

二人でパンフレットを作り、それを両親や友人の家へ置いてもらったのもよかった。

去年は雨の日が多く、冷たい夏だったせいか、初めの年の三分の二程度しか利用者がなかった。

今年は出足が好調だった。五月初めのゴールデンウイークから連日満室になった。

ゴールデンウイークが過ぎて、ほっと一息ついたある日、

「小淵沢駅前で、よくお宅の車を見掛けますが、人手は要《い》りませんか?」

若い女性から電話があった。

その女性は、今春、東京の短大を卒業したが就職できなかった。それで小淵沢の実家に帰ってきた。家業は農業だが、自分が従事するほどのことはない。賃金はいくらでもいいから使ってもらえないだろうかというのだった。

すぐには人手の必要はないが、七月に入ると多忙になりそうだ。それで会うだけ会ってみようということで、松沢と房子は、電話を掛けてきた女性を呼んだ。

その女性は、小型車を運転してやってきた。

今井雪代《いまいゆきよ》といった。名前のように白い肌をしていて、丸顔で可愛かった。

調理が好きかと房子がきくと、好きとはいえないが、家では毎日やらされていると答えた。

房子が雪代の明るい性格を気に入った。

雪代は六月半ばから早乙女荘で働くことになった。

雪代には友人が多かった。早乙女荘から東京や名古屋の友人に電話を掛け、八ヶ岳へ遊びにきなさいと誘った。

去年は天候不順と低温がたたったが、今年の気温は平年並みで、予約が順調に入った。

七月初めには、雪代は民宿の仕事にすっかり馴れた。彼女は一日も休まなかった。家にいるとタダで使われるから嫌だと、真顔でいった。

七月十八日は、房子の友人一家が東京からやってくることになった。雪代の宣伝効果もあって、やはり東京から二人連れもくることになった。

その二組の客は、新宿を十五時に発車する「あずさ61号」に乗ると連絡してきた。小淵沢着は十六時五十九分だ。

二組の客には、列車到着時刻に合わせて、青いワゴン車で迎えに行くと伝えておいた。ワゴン車のドアには、「民宿・早乙女荘」と黄色い文字で書いてある。電話番号も大きめに入れてある。

房子は、いつものように、「行ってきまあす」と、大きな声を掛けて、客を迎えに出掛けた。

松沢は、調理場の窓から青いワゴン車を見送った。

雪代は、浴室の掃除をしていた。

房子は、五時二十分には二組の五人の客を乗せて戻ってくるはずだった。

天気のよい日、松沢は民宿の一段高い場所へ客を案内し、富士山の夕映《ゆうば》えを見せることにしている。西陽を受けた富士は、甲斐駒の横でいっとき赤黒く輝くのだった。日によっては意外に近く見える。たいていの人は、南東を向いてしばらくものをいわない。


五時十分ごろだった。電話が鳴った。雪代が受話器を上げた。

「松沢さんの民宿ですか？」

女性が高い声でいった。息を切らしているようだ。

「はい、そうです。代わりましょうか？」

「早く、早く、代わってちょうだい」

女性の声は、ほとんど悲鳴に近かった。

雪代は瞬間的に、房子が交通事故に遭ったのだと思った。

「松沢さん、大変です。房子さんが強盗に遭って……」

雪代にいわれて松沢は、濡れた手で受話器をにぎった。

「なんですって。……強盗って、なんですか？」

松沢は、雪代の顔を見ながらきいた。

「わたしは、今夜、お宅へ泊まることになっていた石川《いしかわ》です」

「どうも」

「いまね、駅へ降りたら、ホームに強盗がいたんです。三人組なの。わたしは、主人と子供と抱き合うようにして、改札口を出たの」

「はあ」

「お宅の車を見つけたので、そっちへ行こうとしたら、三人組の強盗が、車を降りようとした房子さんをつかまえて、その車に乗ったんです。恐かったわ。わたし、倒れそうになりました」

「石川さん。もしもし、石川さん」

「はい、はい」

「それで房子は、どうしたんですか?」

「ですから、強盗に車に乗り込まれたのよ」

「強盗は、房子を残して、車に乗ったということですか?」

「残されたのは、わたしたちよ。房子さんは、三人組を乗せて、走って行ってしまったわ」

松沢は事態がよく呑み込めなかった。

「石川さん」

「はい」

「いま、駅前にいらっしゃるんですね?」

「置き去りにされたから、どうしようか迷っています」

「あの、申し訳ありませんが、タクシー代はこちらで持たせていただきますので、タクシーでおいで願えませんでしょうか。早乙女荘といっていただけば、分かりますので」

「タクシーでって。……松沢さん。お宅は大丈夫なんですか?」

「なにがでしょうか?」

「強盗が乗って行ったんですよ」

「強盗というのが、よく分かりませんが、石川さんのおっしゃる三人組は、ここへくるんですか?」

松沢は、右手の甲で額を拭った。

「当たり前でしょ。房子さんは三人組を乗せて走って行ってしまったんですから」

「強盗とおっしゃいますが、どんな格好をした三人組なんでしょうか?」

「ピストルを持っている男の人は、サングラスを掛けていたわ」

「ピストル……」

「そう。ホームで一発撃ちました。その音がしたとき、わたしはめまいがしました。だって、初めてですもの」

雪代がささやくような声で、

「わたし、駅へ行ってきましょうか?」

といった。

「よせ。ちょっと待ちなさい」

松沢は受話器を耳に当てたまま雪代の腕をつかんだ。

石川という女性は、夫と相談したうえでもう一度電話を掛けるといって切った。

「石川さんのいう強盗って、いったいなんだろう？」

松沢は、切った電話機を押さえて雪代にいった。

「ピストルを持っているっていったんでしょ？」

「そう。三人組だって」

「じゃ。銀行かスーパーを襲ったんじゃないでしょうか？」

「銀行はもう開いていないよ」

「じゃ、駅前のスーパーを……」

雪代は、白いTシャツの胸に手を当てた。

「石川さんは、ピストルを持っている男が、ホームで一発撃ったといったが……」

「三人組の強盗は、スーパーで現金を奪って、列車で逃げるつもりだったんじゃないでしょうか？」

「そうか。それでホームに……。だけど雪ちゃん。房子が車に三人組の強盗を乗せて、走って行ってしまったというんだ。石川さんは、房子と強盗はここへくるというんだ」

雪代は、松沢の顔を見て首を傾げた。

石川という女性がいったとおりなら、もう五分もすると房子の運転するワゴン車が戻ってくる。それにはピストルを持った男を含む三人組が乗っている。

雪代は、壁の時計を仰いだ。

松沢は今夜の予約客をあらためて数えた。石川の一家三人と雪代の短大時代の同級生二人。そのほかに四人と三人家族がいて、全部で十二人だ。

3

電話が鳴った。

「ひゃっ」

雪代は両手で胸を囲んだ。

松沢が受話器を上げた。相手は若い女性で、今井雪代はいるかといった。

「雪ちゃんだ」

松沢は、彼女に受話器を渡した。

「雪ちゃん。勝子《かつこ》よ」

「ああ。勝子ちゃん、いまどこなの？」

雪代はやや高い声できいた。

「雪ちゃん、大変よ」

川上《かわかみ》勝子は、里中今日子《さとなかきょうこ》と予定どおり小淵沢に着いた。ホームに降りると、降りた人もこれから乗る人もグリーン車のほうに顔を向けていた。勝子と今日子はなにが起きているのか分からなかった。大勢の人がそっちを向いているから、それにつられて見ているだけだった。

銃声がした。じつは銃声というのは、あとで分かったことだった。ホームを走っていた車掌が膝をついて、正座する恰好になった。撃たれたのかと思った。

勝子と今日子の眼の前を、拳銃を持ったサングラスの男と、四十歳見当の女性が手をつなぎ、黒い帽子をかぶった若い男が駆けるように通り過ぎた。彼女たちは男の拳銃を見て、さっきの乾いた音が銃声であったことを知った。

駅には乗降客が大勢いるのに静まり返っていた。なんのアナウンスもなかった。

勝子と今日子は、一刻も早くこの不気味な駅を抜け出ようとした。

「わたしたちの前で、子供連れの女性が手を振っていたわ。その人を見つけたらしく、青いワゴン車が近づいてきたの。それには早乙女荘って書いてあったから、わたしたちはほっとしたの……」

勝子は、咳を三つ四つした。

「またびっくりしたのは、それからなのよ」

勝子は、また咳をした。

「それから、どうしたの？」

雪代がきいた。彼女は、自分に落ち着けといいきかせた。

「どこに隠れていたのか、さっきの三人がわたしたちの前へ出てきて、ワゴン車を運転していた民宿の女性を、車から降ろしたの」

「その人、ここの奥さんなのよ」

「三人はワゴン車に乗り込んだわ」

「奥さんは？」

「運転席に乗り直して……」

車は、民宿の客の五人を駅前に残して走り去ったのだという。

「警察の人はこなかったのかしら？」

「一人も姿が見えなかったわ。いまは、パトカーもきたし、大勢きているわ」

「三人組は、強盗じゃないの？」

雪代がきいた。

「よく分からないの。とにかく背の高い男は、ピストルを持っていたわ。あ、それからもう一人の若い男はね、手錠をぶら下げていたわ」

「手錠ですって？」

「そうなの。なぜだかさっぱり分からないのよ」

「その人たち、ふざけているんじゃないの？」

「そうでもないらしいわよ。だって、本物の警察がきて、駅の中へ入って、なにか検《しら》べているわ」

勝子は、これからどうしようかと雪代にきいた。

雪代はそれを松沢に伝えた。彼は、タクシーに乗ってきてもらえといった。

勝子が電話を切ると、待っていたようにベルが鳴った。

松沢が応じた。

今度は警察からだった。青いワゴン車があるかとまずきかれた。

「家内が、お客さんを迎えに、小淵沢駅へ行きましたが」

「その車だ。車両ナンバーは？」

松沢はナンバーを答えた。

「家内はどうなったんでしょうか。いま、駅前にいるお客さんから電話で、強盗に乗り込まれたとかってききましたが」

「こちらでも詳《くわ》しいことをつかんでいませんが、女性が運転してきた早乙女荘と書かれたワゴン車が、拳銃を持った男たちに乗っ取られたことは間違いありません」

「こっちへ向かっているんでしょうか？」

「奥さんは乗っ取り犯に脅されて、車を運転していると思います。そちらへ行く可能性もありますから、充分気をつけてください」

「あの、お巡りさん。気をつけてくれといわれても……。いまにお客さんがお着きになります。三人組がきたらどうしたらいいか……」

「すぐこちらから警察官を向かわせます。ああ、それから、お宅の車に乗り込んだのは、たしかに三人ですが、三人組じゃないですよ」

「どういうことでしょうか？」

「二人は男で、女性は拳銃を持っている男の人質です。もし、そちらへ三人が着いても、男を刺激するようなことは、くれぐれもしないように」

「手錠をぶら下げている男がいるということですが？」

「えっ。それはこちらでは把握《はあく》していません。どこからきいたんですか？」

「たったいま、こっちへくることになっているお客さんが、電話で知らせてくれました」

「手錠……。なんだろう。とにかく警察官が向かいます。注意を怠らないように」

五時二十分になった。何事もなければ、房子は客を五人乗せて戻ってくるころである。

「雪ちゃん。ピストルを持って、うちのワゴンを乗っ取った連中は、ここへくるかもしれない。やつらがなにをいっても、おとなしくしていよう」

「は、はい。食事を出さなくちゃなりませんね？」

「そうだな。強盗でもなんでも、腹はへるだろうからな」

松沢は調理場で、仕込んだ物を見渡した。

この民宿を始めて三年目の今年の滑り出しは好調だった。夏の気温は平年並みか暑くなりそうという長期予報だ。去年の不況をなんとか取り戻せそうだと思っていた矢先、想像もしなかったことが起こった。

房子は、いまどこを走っているだろうか。帰着予定の時刻をとうに過ぎたのに、なんの連絡もない。

十日ほど前だったが、松沢が携帯電話が必要ではないかと話した。すると房子は、あれは便利だが、なくてはならない物とは思わない。もう少し我慢しようといった。

あのとき、思い切って買っておけば連絡し合うことができたのにと、彼は悔やんだ。

雪代も調理場へ入ってきて、食器を食堂へ運ぶ準備にかかった。

「駅前には、車は何台もとまっていただろうにな」

松沢はつぶやいた。房子の不運を恨《うら》んだのだった。

車のとまる音がした。

松沢は、窓の隙間をのぞいた。

雪代はしゃがんだ。調理台すれすれに眼を出し、松沢の表情を窺った。

銀色の車体が見えた。四駆のワゴンだった。

子供の声がきこえた。松沢は、瞬間的に客だと判断し、窓を開いた。

「こんにちは」

薄いサングラスを掛けた女性が、松沢の顔を見ていった。一昨年の夏、やはり一家で泊まりにきた人だった。

「お客さんだよ」

腰を抜かしたようにしゃがんでいる雪代にいった。彼女は、胸というよりも喉元を押さえて立ち上がった。

到着した客は四人家族だった。小学校入学前の男の子と女の子がいる。

松沢は玄関を出て、客の荷物を部屋へ運んだ。

「きょうも、夕暮れの富士山が見えるかしら」

細君が松沢の返事を期待するようにいった。

「見えると思いますよ」

松沢はいってから、夫婦を手招きした。

房子の奇禍《きか》を掻い摘まんで話した。

細君は顔色を変え、部屋の中ではしゃいでいる二人の子供に視線を向けた。

「大変なことになりましたね」

夫がいった。

「その三人組、ここへくるでしょうか？」

細君だ。彼女は、ここへ泊まるのを見合わせたほうがいいのではないかという眼を夫に向けた。

間もなく警察官がくることになっているといいかけたところへ、薄茶色の乗用車がとまった。一人は制服警官だった。あとの二人は私服だ。一人は白い半袖シャツの上に厚いベストを着込んでいた。防弾チョッキではないか。車内にはライフルでも入れてありそうだ。

「奥さんからなにか連絡がありましたか？」

紺色のシャツの眼つきの鋭い男がきいた。

「ありません」

松沢は玄関に立った。

「あの車は？」

「お客さんのです」

「きょうは何人ぐらい泊まる予定ですか？」

「十二人です」

「間取りを見せてください」

紺色のシャツと防弾チョッキの二人が靴を脱いだ。

「あなた。帰りましょ。こんなとこにいたら怪我をするわ」

部屋にいた薄いサングラスの細君がいった。

夫はうなずいて腰を上げた。細君は二人の子供を促した。

男の子は、なぜ帰るのかと、不満を露《あら》わにした。

「ここにいては危ないの。今にピストルを持った人がくるかもしれないのよ」

細君は子供を急《せ》かせた。

松沢は、外へ出て夫婦に謝った。またきてくれといった。今度は無料招待するともいった。

夫は軽く頭を下げたが、細君はきこえぬ振りをして横を向いた。

入れ違いにタクシーが到着した。川上勝子と里中今日子だった。

松沢は、ズボンのポケットから皺くちゃになった札を出して、タクシー代を払った。

「雪ちゃん」

二人は、玄関に出てきた雪代に駆け寄ると手をにぎった。

「ご免ね、こんなことになってしまって」

雪代は二人に頭を下げた。

「あなたたちは？」

部屋から出てきた紺色のシャツの警官がきいた。

勝子と今日子は首をすくめた。

雪代が、今夜の客だといった。

「一番奥の部屋へ入って、しばらく外へ出ないようにしてください」

警官にいわれて、二人はバッグを持って、廊下を転げるように奥へ走った。

電話が鳴った。

松沢が受話器を取った。二人の警官が彼に耳を寄せた。

さっき駅前から電話をよこした石川の細君だった。

「房子さんは、どうしました？」

彼女の声は、さっきよりも冷静だった。

「まだ、電話も入りません。……石川さんは、今どちらに？」

「駅前のレストランにいます。どうしようかって主人と話しているところなんです。さっきここにいた二人連れはどうしたのかしら？」

勝子と今日子のことだ。

「たったいま、お着きになりました」

「大丈夫なのかしら」

「はあ」

松沢は答えに窮《きゅう》した。大丈夫だからきてくれともいえないし、帰れともいえなかった。しかたなく、房子のようすが分からないかぎりどうすることもできないと心細げにいった。

細君は、これから帰ることにしたら子供が可哀相だから、べつの宿をさがすという。松沢はほっとした。もし自分が石川一家の立場だったらそうしたろうと思った。

「宿が決まったら連絡します。房子さんのことが分かったら、そこへ電話してください」

細君は穏やかな声になった。

三人の警官は、車の無線で署と連絡を取り合ったり、交替で民宿の周りを歩いたりした。

雪代は、自宅へ電話し、事件を知らせた。取り込んでいて、もし雪代が仕事ができないようなら、母が手伝いに行くといった。胆《きも》の据《す》わった母親だと松沢は感心した。

午後六時。今夜の泊まり客の三人が車で到着した。二十代の女性ばかりだった。

彼女らは、小淵沢駅で起きた事件などまったく知らなかった。

早乙女荘の庭にいる警官の姿を見て、

「ここでなにかあったんですか？」

と、肉づきのいい丸顔の女性がきいた。

松沢は、椿事《ちんじ》を説明した。それをきいて宿泊をキャンセルされてもしかたなかった。

「お客さんはわたしたちだけですか？」

三人は奥のほうをのぞくようにした。

「若い女性の方が二人いらっしゃいます」

「どうしようか？」

三人は、車の横に戻って相談を始めた。

電話が鳴った。長坂署からだった。

「奥さんが、長野県富士見町で給油しました」

「車にガソリンを……。それは、富士見のどこですか？」

松沢は、受話器をにぎり直した。

房子が給油したのは、富士見高原スキー場の南側に当たるガソリンスタンドだという。彼女は、スタンドの従業員に、警察に知らせてくれと告げ、支払いをして出て行ったというのだ。

「詳しいことは分かっていません。長野県警が現場に向かっています。連絡が入り次第、またお知らせします」

いまのところ房子が無事であることは分かった。

松沢は、サンダルをつっかけて庭にいる警官に署からの電話の内容を報告した。車では無線で同じ連絡を受けていた。

松沢の話をきいていた三人の女性は、泊まることにしたといった。彼女らを雪代が部屋へ案内した。

「松沢さん」

紺のシャツの警官だ。

「万が一の場合を考え、宿泊者それぞれの氏名と住所と電話番号を書いてもらっておいてください」

この警官は、いつも殺気立っているような表情をしている。

石川の細君がまた電話をよこした。小淵沢駅に近い小さなホテルを取ることができたといい、そこの電話番号を教えた。

松沢は、房子が車に給油したことを伝えた。

「まあ。ガソリンを一杯にして、どこまで行くつもりなんでしょうね?」

彼女は、房子が逃げまわっているようないい方をした。

雪代の母親の和子《かずこ》が、父親の運転する小型トラックでやってきた。父親は松沢に挨搜し、雪代のようすをちらっと見ただけで去って行った。

松沢も房子も、和子には二、三回会っていた。

和子は松沢に、

「とんだ災難ですね」

というと、持参した前掛けをして調理場へ入った。事件になどまったく興味がないといった体《てい》である。

和子がきてくれたお陰で、たちまち食堂に夕食がととのった。

「お巡りさんも、交替で食事をどうぞ」

和子は外へ大きな声を掛けた。

今夜の客は、二十代の女性ばかり五人である。

松沢がテレビのスイッチを入れた。

天気予報が終わって、ニュースになった。髪を七三に分けた男性アナウンサーの顔が映った。

「本日午後五時ごろ、JR中央線小淵沢駅で、拳銃を持った男が、女性を人質にして列車から降りました。その男は、たまたま乗り合わせていた長野県警の二人の刑事が、豊科署へ連行するはずだった事件容疑者も人質にして、駅前に停車していた民宿のワゴン車に乗り込み、その車を運転していた主婦・松沢房子さんを脅して逃走しました。

拳銃を持った男の年齢は三十五、六歳で、身長は一七七、八センチぐらい、痩《や》せ形、サングラスを掛けていたということです。列車内で人質になった女性は四十歳ぐらい。水玉のワンピースを着ていたということですが、名前など詳しいことは分かっていません。犯人は松沢さんを脅して、長野県方面へ逃走したものとみて、山梨、長野両県警では、ワゴン車の行方を追っています。

ただいま入った情報によりますと、松沢房子さんが運転するワゴン車は、午後五時四十五分ごろ、長野県富士見町のガソリンスタンドで給油して、北西に当たる原《はら》村方面へ走り去ったもようです。

なお、長野県警の刑事が連行中だった男は、去る八日、長野県穂高町で高津弥生さん、二十一歳を殺害して逃走していた浅井弘行容疑者です。浅井容疑者も松沢さんが運転するワゴン車に乗っているものとみられています」

と、アナウンサーは無表情に原稿を読んだ。

このテレビニュースを、松沢も雪代も警官も宿泊客と一緒に観ていた。観なかったのは和子だけだった。彼女は流しでデザートのイチゴを皿に盛り分けていた。

「奥さんはどうやって、ガソリンスタンドの人に、警察に連絡してくれっていったんですか。犯人が乗っているのに？」

雪代は、爪楊枝《つまようじ》を使っている警官にきいた。

「ガソリン代を払うとき、スタンドの従業員に札と一緒にメモを渡したということです」

「へえ。よくメモを書くスキがありましたね」

勝子が、泡の消えたビールのグラスを持っていった。

テレビニュースは、小淵沢駅で発生した事件を何度も報じたが、五時四十五分ごろ給油したあとのワゴン車の足取りは不明と繰り返すばかりだった。

暗くなってから警察官は五人やってきて、計八人が早乙女荘の警戒に当たった。

雪代も母親の和子も、今夜は泊まっていくことになった。

近くのペンションや山荘から、事件を知って見舞いの人が訪れた。

警備の警官とひとしきり話していく人もいた。

午前零時になったが、房子からは連絡が入らなかった。

彼女は今夜、どんな場所で眠るのか。それを思うと、松沢の眼は熱くなった。房子は気丈《きじょう》だ。それが禍《わざわ》いして、拳銃を持った男を怒らせなければよいがと、彼はそっと手を合わせた。

4

薄汚れたカーテンに陽が当たった。そのまぶしさで道原は眼を醒《さ》ました。諏訪署富士見交番の仮眠室である。

彼は、ぐっしょり汗をかいていた。頭や顔だけでなく、首も胸も腕も濡れていた。

二段ベッドの下からタバコの煙が立ち昇ってきた。

伏見はもう起きているらしい。

道原は梯子を下りた。

「おやじさん、うなされていましたよ」

伏見は、ベッドに腰掛けていた。

「悪い夢を見た」

道原は、タオルで顔や首筋を拭い、水を一杯飲んだ。

「どんな夢ですか?」

「浅井を追いかけているんだ。おれ一人でだ。……たしかレンゲが一杯咲いている広いところだった」

「レンゲが咲いているなら、四月下旬か五月ですね」

「穂高町辺りの田んぼの中だと思う。やつを見つけて追いかけるんだが、どうしても手が届かない。密生したレンゲに足を取られて、何度も転ぶんだよ。すると浅井のやつは、まるでおれが追ってくるのを待っているみたいに立ちどまるんだ。もう少しで手が届きそうになると、逃げるんだ」

「嫌な野郎ですね。ぼくも浅井の夢を見たような気がしますが、忘れました」

ドアの下の隙間から、そっと新聞が差し込まれた。宿直の警官だろう。

地元紙の信濃《しなの》日日新聞だった。

〈短銃所持し逃走　殺人事件容疑者手錠を下げて一緒に行動〉

社会面のトップにこの大きな見出しが躍《おど》っていた。記事は短かった。

「凶悪犯罪を警戒」とも書いてあり、道原は唇を嚙んだ。

きょうは県警本部から監察官が諏訪署へやってきて、道原と伏見から事情をきくことになっている。上官の判断次第では二人は免職もありうる。

「やつらは、ゆうべどこで寝たのかな」

新聞を伏見に渡した。

「ワゴン車の中だと思いますよ」

「食事はどうしたのかな」

道原は、人質の中年女性と民宿経営者の妻、松沢房子の身を案じた。

食事のあとで道原は、民宿早乙女荘へ長野県警の者だといって電話を入れた。

若い女性が出たが、すぐに経営者の松沢に代わった。

房子からは一度も連絡がないということだった。

「ゆうべ、お客さんはあったんですか？」

「はい。二組で五人の方が泊まってくださいました」

「奥さんのことでは気は揉めるし、忙しい思いをされたことでしょうね？」

「手伝ってくれた人がいましたので、なんとか」

房子の捜索には全力を尽くすと道原はいって、電話を切った。

交番の前に車が着いた。道原は窓をのぞいた。熊谷だろうと思っていたら、降りたのはなんと、きのうきた牛山と宮坂《みやさか》だった。宮坂も豊科署の刑事である。宮坂は最年少の二十四歳だ。

「今度こそ、おれたちを連れ戻しにきたな」

道原はつぶやいた。

「おはようございます」

黒縁メガネの牛山は快活にいった。

「二人できても、帰らないぞ」

伏見だ。

牛山は口を手で囲む恰好をした。内緒話をするらしい。

「ゆうべおれが署に寄ったら、四賀課長が外勤課の福島《ふくしま》課長と、将棋を指していました」

伏見がきいた。

「刑事課でか？」

「外勤課でだ。たぶん家へ帰っても落ち着いていられるものじゃないと思ったんだろうな。福島課長が四賀課長の気持ちを察して、将棋を指そうっていったんだよ」

ゆうべ、事件を気にして署に泊まった者は多いという。牛山も宮坂も署で仮眠したのだった。

「四賀課長は、『伝《でん》さんと伏見は首をかけている。戻れといったところで、帰ってきっこない』といって指していました」

「君たち二人がここにきたら、君たちも問題になるぞ」

道原がいった。

「なるでしょうね。だけど四賀課長は、『伝さんと伏見が辛い思いをしているのに、お前たちは放っておく気か』って、小さな声でいっていました」

四賀課長は、全面的に責任を持つという覚悟ではないのか。

「ここへきても、やつらが諏訪署管内にいるあいだは、勝手に動くわけにはいかないぞ」

諏訪署の指示にしたがえということである。

交番の若い巡査が、四人の豊科署員にお茶を出した。

熊谷が出勤してきた。

電話が鳴った。熊谷が受話器を上げた。

「えっ……」

彼はよろけて、テーブルに手を突いた。本署からの指示のようだ。二分ばかり話すと、

「了解しました」

といって電話を切った。

「道原さん。犯人から、諏訪市役所に電話があったということです」

熊谷は眼を見張っていった。

「市役所へ……」

「テント二張りと、食料、コンロ、燃料、食器、飲料水、携帯電話を用意しろと要求したそうです」

諏訪市役所の宿直職員は、その電話を受けて跳ね上がったに違いない。

職員はすぐ警察に連絡した。

「犯人はどこから掛けたんでしょうか？」

「場所はいわなかったそうです。一時間後にまた連絡するといって切ったということです」

諏訪市役所に電話したところから、犯人は同市内に潜伏しているのではなかろうか。現在午前七時十五分だ。一時間後には犯人からもう一度、市役所に電話が入る。そのときは要求した物を運ばせる場所を指定しそうな気がする。

「テント二張りとはどういうことでしょうか？」

熊谷は、道原の顔に問い掛けた。

「露営するつもりなんでしょうか。食料のほかにコンロや燃料を用意しろというんですから」

「携帯電話までとは、太い野郎だ」

牛山だ。

「目立つテントをプレゼントしたいものですね」

宮坂がいった。

「そうだな。ヘリコプターからすぐに見えるような色のやつをな。道原さん。テントを二張りというのは、女性のことを考えたんでしょうか？」

「いや。女性二人をべつのテントに寝かせたら、逃げられる恐れがあるじゃないか」

「あ、そうですね。一張りは荷物置き場にでもするつもりかな?」

拳銃所持の男は、きのう、女性を人質にしてどこまで行くつもりだったのか。

道原は、きのうの特急列車の中で男がいったことを思い返した。

彼が拳銃で女性を脅していることが他の乗客に知れてしまうと、車内の後部へ移動した。

通路をへだてた同じ列の席にいる道原らを刑事だと知ったあと、男は小淵沢で下車すれば、まだ警察の配備は敷かれていないから逃げられるのではないかと、道原にきいた。どうやら男は、当初の予定では終着の松本まで行くつもりだったようである。それを乗客に知られてしまったために、小淵沢に変更を余儀なくされたらしい。

小淵沢駅前では車を乗っ取ることができた。松本まで行くつもりだったら、その車でつっ走りそうなものだった。

それなのに、テントだの燃料を用意せよとは、いったいどういうことなのか。

「熊谷さん。テントを要求したのは、きのうの事件の犯人に間違いないでしょうか?」

「えっ。違う場合も考えられるんですか?」

市役所へはどんな声の人間が、なんといって電話を掛けてきたのか、詳細にきいてもらいたいと道原はいった。

熊谷はうなずいた。本署と連絡を取った。

今度は、五、六分話していた。

「きのうの事件の男に間違いないといっています。三十代ぐらいの男の声で、『きのうの午後五時ごろ、小淵沢駅前で早乙女荘のワゴン車が乗っ取られたのを知っているか』といったそうです。宿直の職員が、昨夜のテレビニュースで知っているといったところ、『その事件を起こした者だ』と、はっきりいったということです」

諏訪署は、犯人の男が市役所の職員に要求した品物のリストを、交番へすぐにファックスで送信するといった。

5

諏訪署から送られてきた、犯人要求の品物のリストを見た道原らは、一様に口を開けた。

〔フレームテント二張り（二〜三人用　色は緑）。マットシート四枚。ガスバーナー一個。専用ガスカートリッジ十個。アルミ製キャンピングセット四人用。ウォーターボトル二個。

サマーシーズン用寝袋四個（色は緑）。ザック四個（25ℓ二、35ℓ二　色は緑か紺）。

ブーツ（サイズ・22・5　23　25・5　26＝いずれもナイロンに天然皮革補強の軽量）

アウターウエア四着（M二　L二　色は緑か紺）。レインウエア（同）。インナーウエア（MおよびLで八着）。ハイキング用パンツ四（M二　L二）。アンダーウエア（十セット）。綿靴下（二十足）。

多機能ナイフ一丁。懐中電灯二本。

食料。飲料水（睡眠薬混入不用）。携帯電話機。

薬品（鎮痛剤、整腸剤、傷薬、包帯）。

洗面用タオル八枚。歯みがきセット五）

「道原さん。まるでこれは登山装備じゃないですか」

牛山がリストを見ていった。

「やつらは山に入るつもりなんじゃないのか」

「山に入ったら、厄介なことになりますね」

熊谷は眉間に皺を立てた。

「要求しているのは四人前の装備だが、彼らに登山経験があるのかな？」

道原は首を傾げた。

「浅井はどうだったでしょうか。彼にもしも登山経験があったとしたら、四人の中に入っているとみていいですよ」

　伏見だ。

　ゆうべ、松沢房子が運転するワゴン車は富士見町のガソリンスタンドで給油した。スタンドの従業員は、運転していた女性のほかには男と女性が一人ずつ乗っているのが見えたといった。拳銃所持の男と人質にされていた中年女性のようだ。

　浅井も乗っていたとしたら、人眼につかないようにしていたのだろう。

　犯人の男が要求した装備の色には指定がある。テントの色は緑色といっている。寝袋も同じだ。ザック四個も緑色か紺色のを用意しろといった。アウターウエアもそうである。

　これは、もし上空から捜索されても目立たないようにしようと考えてのうえだろう。飲料水に「睡眠薬不用」といったところなど人を食っているではないか。

　要求した装備リストを見ると、これは登山経験を積んだ者が作ったものということが歴然としている。

　道原は、浅井が勤めていた東京・足立区の自動車整備工場へ電話した。社長を呼んだ。

「刑事さん。浅井がまたとんだことをしてしまいまして……」

　社長は頭を下げたようだった。

「困ったことになりました。しかし、私たちもそうですが、浅井も列車の中で拳銃を持った男に脅されたんです。他の乗客の身の安全を考え、男のいうとおりにしたまでです。浅井は現在もそうだと思います。彼の意思で逃げたのではないと信じています」

「はあ」

「ところで、浅井は登山をしたことがあるでしょうか？」

「あります。高校のときはワンダーフォーゲル部に入っていました。卒業してうちへ入ってからも、高校の同級生と何度も山へ登っています」

「そうでしたか」

「刑事さん。浅井は、山へ逃げ込んだんですか？」

「いえ。どうやらこれから山に入ることを考えているらしくて、登山装備を要求してきました」

「ええっ。浅井がそんなことを……」

「浅井の発案かどうかは分かっていません。拳銃所持の男の案ということも考えられます」

「その男には、山登りの経験があるんですか？」

「それは不明です。なにしろその男の名前すら分かっていないんです」

「いったい浅井は、どこにいるんでしょうね。その場所が分かっていたら、私は出掛けて行って、出てこいといってやります」

「浅井一人ではありません。四人一緒にいるようです」

「女性が二人いるそうですね。気の毒に」

「浅井の母親や姉は、きのうのことを知ったでしょうね？」

「はい。二人はゆうべ私のところへきていました。私は、息子を信じろって、母親にいってやりました。二人ともかなり参っているようでした」

「二人には力づけてあげてください。浅井は、拳銃男のスキを見て、かならず逃げ出してくると思います」

そういって道原は電話を切りかけたが、思いついて、浅井と一緒に登山をしたことのある友人を知らないかときいた。

社長はしばらく考えていたが、大垣《おおがき》という男を思い出したといった。大垣はたしか高校が浅井の二年先輩で、彼に連れられて山へ登ることが多かったと記憶しているという。

社長は、大垣の電話番号を調べてくれた。

道原はそこへ電話した。女性が出て、会社へ行ったという。勤務先の番号をきいた。三十分ぐらいで着くだろうと女性はいった。大垣の妻のようだった。

早乙女荘に電話した。けさになって二度目である。経営者の松沢が応じた。

「奥さんには、山登りの経験がありますか？」

道原はきいた。

「あります。私と房子は、山で知り合いました」

「そうでしたか。では、八ヶ岳へも登ったことがあるでしょうね？」

「何度もあります。房子に初めて会ったのは、硫黄岳でした。あのう、房子と八ヶ岳がなにか？」

「拳銃を持った男がけさ、諏訪市役所へ、登山装備を要求する電話を入れました」

「えっ。じゃ、山へ入るというんですか？」

「どうもそのようです。露営できる物を要求していますから」

「房子を連れて登るといったんですね？」

「四人分の装備を用意しろといっています。ですから奥さんも登らされることになると思います」

「どこから入山するんでしょうね？」

「それがまだつかめていません」

「刑事さん。どこから登るにしても、諏訪市役所へ連絡したというのはヘンですね」

「そのとおりです。蓼科側なら茅野市役所にしそうなものですがね」

道原は、房子の健康状態はどうだったかを尋ねた。

「三、四日前までは風邪気味で、からだがだるいといっていましたが、きのうはなんでもないようでした。……刑事さん。市役所に登山装備を用意させて、どうするんでしょうか？」

「彼らが適当と思う場所へ運ばせるんでしょうね」

「そこが分かったら、私に知らせていただけないでしょうか」

「そこへ行くんですか？」

「房子が使う物を届けてやりたいんです」

道原は、犯人から連絡があり次第知らせるといった。

浅井の山友だちだった大垣と連絡がついた。

大垣はやはり高校で浅井の二年先輩だった。

当然だが、彼は浅井が高津弥生を殺害して逮捕されたが、きのう列車で連行される途中、逃走したことを知っていた。

「浅井とは何度も山登りをしたそうですが、八ヶ岳へ登っていますか？」

「はい。八ヶ岳へは二回登りました」

「どのコースで、どこへ登りましたか？」

「一回は、茅野からバスで美濃戸口《みのとぐち》まで行き、赤《あか》岳へ登りました。二回目は、小海線の海ノ口《うみのくち》から杣添《そまぞえ》屋根を使って横《よこ》岳へ登り、硫黄岳へ縦走して、夏沢鉱泉へ下りました」

いずれも夏だったという。そのほかに八ヶ岳山麓でキャンプしたこともあったと、大垣は話した。

「浅井は、自分から逃げるような男じゃないと思いますが……」

大垣はいった。

浅井は気の好いところがあり、登山中メンバーがバテると、荷物の一部を背負ってやったりし、思い遣《や》りのある男だったという。

これで四人のうち二人に登山経験のあることが判明した。しかも二人とも八ヶ岳に登っていた。あとの二人はどうだろうか。

テントや寝袋を要求するのは、いったい誰の発案なのか。山へ入ってしまえば、捕まらないと考えたのだろうか。松沢房子が提案するわけがないから、拳銃男か浅井がいい始めたことに違いない。

いまは冬と違って登山者が多い。人気のある登山コース沿いにある山小屋は、連日満員だろう。

そういう状態の山小屋へ泊まっては逃走するわけにはいかないから、露営装備を用意させることにしたのではないか。

犯人は、食料と燃料を要求しているが、いかに四人でも背負って歩ける量は知れたものだ。

ガスカートリッジは十本というが、内容量が二五〇グラムクラスだと、燃焼時間はせいぜい二時間だ。毎日、三度三度コンロを焚《た》いたら、六日か七日で使い切ってしまうだろう。

そのころには食料も底をつく。そうなったらどうするつもりなのか。あらためてまた市役所にでも電話して、不足している物を要求するつもりなのか。

道原は窓をのぞいた。空が蒼《あお》い。きょうも好天だ。白い雲が西へ向かって流れている。

あの四人は、それぞれどんな気持ちでこの空を仰いでいるのだろうか。

彼はふと、初めから拳銃を持った男の人質になっていた女性を思い浮かべた。

彼女は普通の家庭の主婦のように見えた。彼女の家族の誰かが、ゆうべのテレビニュースを観るか、けさの新聞を読み、自分の妻か、あるいは母親ではないかと気づき、警察に問い合わせをしてきそうに思うが、どうだろうか。

今まで、彼女に関しての情報がなにひとつ入ってこない。彼女の家族が事件に巻き込まれたことに気がついていないらしい。

第三章　翻　弄

1

諏訪市役所の宿直係から連絡を受けた諏訪署の刑事課では、ただちに市役所へ駆けつけた。市役所は高島《たかしま》城の近くである。

宿直は市民課の桑田《くわた》という三十二歳の男だった。

桑田は、犯人の男が要求した品物を便箋《びんせん》に書きとめていた。

中島刑事は桑田に、電話を掛けてきた男の年齢の見当をきいた。

「三十代だと思います」

桑田は蒼い顔をして答えた。

署では、犯人が要求した物が市内でそろえられるかどうかを検討した。

市内には、登山用品を扱っているスポーツ用品店は一軒しかない。

その店へ電話し、なにがそろうかをきいた。

フレームテントはあるが、犯人のいう緑色のはなかった。現在店にあるのは、黄と赤だった。これでは目立つから、犯人は嫌がるのではないか。

ガスバーナーと専用ガスカートリッジは間に合うという。キャンピングセットと水筒はある。

寝袋も四個あるが、緑色のはなかった。ザックはいくつも店にあるが、紺、紫、黄、赤で、緑色は一個もない。

ブーツは、要求してきたサイズのが全部そろう。ウエアは、デパートでもそろえることができるということになった。

携帯電話機は、すぐ間に合う。誰かが使っているのを提供してもらう。その代わり、犯人のところへ、見知らぬ人間から掛かることもある。掛けたほうもびっくりするだろう。

市内のスポーツ用品店で間に合わない物については、松本市内の山具店に問い合わせた。

在庫があり、すぐにでもそろえられることになった。

松本の店では、倉庫から品物を出して届けるには、午前十一時ごろになるといった。

犯人が要求した品物は諏訪署へ集めることにした。

犯人の最初の電話から間もなく一時間になる。

犯人からの電話は、総務課の会議室に回すようにと交換台に指示した。逆探知の装置が取りつけられた。

県警本部捜査一課課長から、諏訪署長を通じて刑事課長に電話が入った。

きのう殺人容疑の浅井弘行を解放した道原と伏見の両刑事は、目下富士見交番にいるというが、両刑事は山岳地で発生した凶悪事件を何度も手がけて、解決させている。今回の事件の犯人が要求した物のリストをみると、明らかに登山装備である。

したがって、道原、伏見の両刑事を急遽、捜査員に加えるようにという指示だった。

刑事課長は、ただちに富士見交番に連絡し、県警本部の命令を道原に伝えた。

「犯人は八ヶ岳に入るつもりなら、現在富士見町か原村か茅野市内に隠れていると思われます。彼らは間もなく、要求した山具がそろったか、あるいは何時ごろそろうかと連絡してくるはずです。もし彼らのいる場所の見当がついたら、飛び出します。それにはこの交番にいたほうが便利です」

道原は、交番で待機しているといった。

刑事課長は納得した。

犯人の山具を要求する電話があってから、すでに一時間十五分が経過した。

「やつらは、車で移動しながら、電話を掛けられるところをさがしているんじゃないかな」

市役所の会議室で中島はいった。彼は逆探知装置のついた電話機をにらんでいるのだった。

八時三十五分。諏訪営林署からこういう電話が市役所に入った。

「一時間あまり前に、テントや寝袋や食料などを、諏訪市役所に用意するようにといった者だ。それがすべてそろったかどうかをきいてくれ、という電話がありましたが、いったいなんのことでしょうか?」

営林署の職員はいった。

それをきいて中島は、「ちくしょう」といって拳で机を叩いた。電話に逆探知装置をつけて待機していたのがフイになった。警察のそういうやり方を犯人に読まれていたのだ。

「その男は、それからなんていいましたか?」

中島は営林署職員にきいた。

「十分後に電話するということでした」

「そいつは何者かということを名乗らなかったですか?」

「はい。テントや寝袋をそろえてくれといった者だといえば分かるといいました」

市役所から営林署までは三分か四分で着ける。中島は部下を二人連れて車で飛び出した。

営林署の七人の職員に、妙な電話を掛けてきたのは、昨日、小淵沢駅で人質を取り、手錠をぶら下げた若い男とともに、民宿のワゴン車を乗っ取って逃げた犯人だと説明した。

こういうことを説明するさい、犯人が卑劣で凶暴なほど話をきく人は怯える。中島は、それを知っているから声に抑揚《よくよう》をつけて話した。その効果はてきめんで、職員の全員が顔色を変えた。

「刑事さん。どうして犯人はここへ電話してきたんでしょうか?」

目玉がこぼれ落ちそうな顔の職員がきいた。

「それは、犯人から電話があったらききましょう。ひょっとしたらここに、犯人の知り合いがいるということも考えられます。それで電話番号を知っていた」

七人の職員はたがいに顔を見合わせた。外出している職員もいる。誰と犯人が知り合いなのかをさぐるような眼つきの女性職員もいた。

八時四十七分、電話が鳴った。二人の女性職員は、「ひゃっ」といって、両手を口に持っていった。

中島はその一人に受話器を取らせた。

「市役所へきいてくれましたか?」

相手の男はいった。

女性職員は頬を引きつらせて、中島に受話器を渡した。

「あのう。市役所に問い合わせましたが……」

「さっきの人じゃないね？」

男はいった。

「さっき電話を受けた者は、外出しました」

「市役所へ行ったんですか？」

「いいえ。べつのところです」

「どこですか、それは？」

「どこでも関係ないと思いますが」

「関係があるからきいているんだ。あんた、バカに落ち着いた話し方だけど、警察の人じゃないの？」

「違います」

「名前は？」

「私の名をきくなら、先にそちらが名乗るべきじゃないですか」

「……市役所じゃ準備できたといっていましたか？」

「すぐにそろう物と、ほかから取り寄せなくちゃならない物があるそうです。詳しいことは、市役所にきいてください」

「なにとなにがそろわないといっていた？」

「ですから、こちらでは詳しいことは分かりません」

「市役所にいる警察の人が、そういえっていったのかい？」

「警察の人かどうか分かりませんが、そういわれました。あなたは、市役所へテントや寝袋をそろえろっていいながら、なぜこの営林署へ電話してきたんですか？」

「どこへ電話しようと、それはおれの勝手だ。もう一度電話する。何時なら全部そろうかをきいておいてくれ。十分後だ」

男は電話を切った。

中島はすぐに本署に連絡し、営林署の電話にも逆探知装置を取りつけるかどうかの指示を仰いだ。

「取りつけることにしよう。犯人は今後、営林署へ何度も掛けてくることが考えられる」

刑事課長がいった。

「逆探知が間に合わなくても、犯人の声を録音しておく必要があります」

「そうだな。すぐにテープレコーダーを届けさせる」

刑事課長は、歯ぎしりをしているようだった。

八時五十八分、犯人はまた営林署に掛けてよこした。

さっきの女性職員が応じた。犯人は、

「中島という男の人は、ほんとうにそこの職員ですか？」

ときいた。

女性職員は蒼ざめた顔をして、

「はい、そうです」

と答えた。

「中島です」

「どうも、営林署の職員という感じじゃないな」

犯人はいった。

「どういう感じですか？」

中島は、つとめて穏やかに応じた。

「一生、巡査のままで終わる刑事っていう感じだよ」

「そうですか。営林署へ就職してよかったみたいですね」

中島は、この男を捕まえたら、いきなり頭を五つ六つ殴ってやるつもりだ。

テープレコーダーはまだ届かなかった。電話局員も到着しない。

「市役所の返事はどうでしたか？」

「諏訪市にあるスポーツ用品店とデパートでそろえることのできる物にはかぎりがあります。そちらは、緑色のテントということでしたが、それはありません。黄と赤ならすぐにそろいます」

「黄や赤じゃダメだ」

「なぜですか。テントなら同じだと思いますが……」

「中島さんは、キャンプ場を見たことがありますか？」

「あります」

「じゃ、分かるでしょ。なぜ黄や赤がダメかということが？」

「いいえ。分かりません」

「一番目立つ色だからだよ」

「なるほど。緑色にすれば、夏の山だと目立ちにくい。山に逃げ込んでも捕まる心配がないと考えたんですね？」

「どうも、言葉遣いが営林署の人らしくない」

「気をつけます」

「それで、どこから緑色のテントを取り寄せるつもりですか？」

「松本だそうです」

「緑色のテントがあるのを確認しましたか？」

「はい。あるということです」

「ほかの物も？」

「ええ」

「何時なら、全部がそろうんですか？」

「午前十一時ごろだそうです」

「それをどこへ届けさせるんだい？」

この男は、ときどきぞんざいな言葉遣いをする。

「市役所だそうです」

「よし、分かった。十一時に、また電話する。全部そろっていなかったら、こっちにも考えがあるよ」

「考えって、なんですか？」

「そんなこと、営林署の人間には関係がないだろ。あんたは警察官だから、それをきくんだろ、えっ、そうだろ？」

「私は、営林署員です」

電話は切れた。

テープレコーダーが届いた。

2

午前十一時二分。諏訪税務署から市役所に電話が入った。

「テントや寝袋や食料をそろえろといった者だが、すべて備《ととの》ったかをきくようにという電話がありましたが、どういうことか分かりますか？」

税務署の職員はそう尋ねた。

市役所の総務課会議室にいる警察官は、今度掛かってきたら営林署へ問い合わせるようにとはいえなかった。それで事情を説明した。

「全部そろったと伝えてください。それから、電話はかならず市役所へ掛けてくれるようにといってくれませんか」

税務署員は了解したといった。

税務署には十分後に、同じ犯人からの問い合わせ電話が掛かった。

税務署員は、

「市役所では全部そろったといっています」

「そう。じゃ、それをどこへ届けるかをあらためて連絡します」

「あの。これからの連絡は、市役所へ直接お願いします」

「市役所にいる警察官に、そういえといわれたんですか？」

「警察の人かどうか知りませんが、そういわれました」

「これからの連絡は、税務署にする。市役所と営林署にそう伝えておいてください」

「もしもし。営林署って、なんですか？」

「中島というお巡りがいるから、そいつにきいてください」

犯人は、うふふ、と笑い声をきかせて電話を一方的に切った。

中島刑事は、税務署員からの電話を営林署で受けた。犯人は今後の連絡を税務署にするといったという。

「ちくしょう。なめやがって」

彼は、傍《かたわ》らにあった木製のスケールで机を叩いた。スケールは折れて四散した。女性職員は湯沸かし場へ避難した。

営林署に取りつけた逆探知装置も無駄になったのだった。

中島は、税務署へ車で向かった。

税務署の玄関へ車を横づけにすると、顔を強張《こわば》らせた男の職員が二人飛び出してきた。一人のメガネは鼻に落ちていた。

「たったいま、例の男から連絡がありました」

シャツの襟がめくれ上がったほうがいった。

「あったか……」

中島はいった。彼の動きをまるで犯人は見ているようだった。

「で、なんといっていた？」

「編笠山の山麓に、臼窪《うすくぼ》ノ岩小屋というのがあるそうです」

「知らない。きいたことがない。実際にそんなところがあるのか？」

中島は、二人の部下にきいた。

二人とも首を横に振った。

「編笠山山麓というんですから、富士見か、山梨県の小淵沢辺りじゃないでしょうか？」

税務署員だ。

「そうか。そのなんとかいう岩小屋がどうした？」

「そこへ、一切の物を運ぶようにということです」

「分かった。税務署も、とんだとばっちりを受けたね。署員によろしく伝えておいてください」

中島は車に乗った。本署に戻るのだ。

彼は、早朝から市役所、営林署、税務署と、犯人のいうがままに移動させられた。

ＮＴＴに頼んで電話の逆探知を試みたが、犯人はそれをとうに読んでいたらしく、あちこちの役所に掛けて翻弄《ほんろう》した。犯人の声を録音することすらできなかった。

刑事課は、中島の報告を受けて、テーブルに地図を広げた。

犯人が要求した装備を届けろといった場所が、長野県側か山梨県側かは重要だった。これが県境だったりすると、多少やっかいなことになる。どちらの県警が犯人の指示どおりに荷物を届けるかという検討が必要になるのだ。

そもそも今回の事件は、山梨県内で起きている。犯人が東京で人質を取って列車に乗り込んだとしたら、事件発生地は東京だが、事件が発覚したのは山梨県内だ。小淵沢駅で列車を降り、殺人容疑者の浅井を道連れにし、駅前にいた松沢房子運転のワゴン車を乗っ取って逃走した。

その後、長野県内でガソリンを補給した。いったんは長距離走行を計画したのではないか。

ところがけさになって、諏訪市役所に登山装備と思われる物を要求してきた。四人分だが、中には五人分の物もある。紛失や破損を考えてのスペアだろう。

犯人が要求した物は、すべて諏訪警察署に届けられた。

諏訪署がまとめた物を、山梨県側に運べといってくるかもしれなかった。

「ここです」

武居《たけい》刑事が、広げた地図の一点をボールペンの先で指した。

八ヶ岳連峰最南端に当たる編笠山の南西二キロ、西岳《にし》の南二キロ地点に、臼窪ノ岩小屋が載っていた。

「ここへ行ったことのある者はいるか？」

刑事課長がきいた。

テーブルを囲んだ七人の刑事は首を横に振った。

犯人が指定した地点の一キロほど南には、営林署が敷いた伐採運搬車用道路が通っている。したがってそこまでは車両が入れるということだ。

「犯人は、荷物を何時に届けろとはいわなかったんだな？」

課長が中島にきいた。

「時間の指定はしなかったようです」

「ヘリコプターで降ろしたらどうでしょうか？」

武居だ。

「荷を背負い上げるのが大変だというのか？」

中島がいう。

「ヘリなら、上空を旋回しながら犯人たちを見ることができそうな気がします」

「そうか。……だが、犯人は、地上からヘリを撃つようなことをしないだろうか？」

「地上だって射撃される危険性は同じです」

二人の会話をきいて課長は、県警本部に連絡した。ヘリの準備ができるかの問い合わせだった。

ヘリの出動は可能だが、冬山ではないし、地上から容易に入れるところなら荷物を何人かで背負って行ったほうが、人質に精神的な安らぎを与えられる。できることなら犯人と接触し、人質解放の話し合いをしてはどうかといわれた。

「よし。地上から背負って運ぼう」

課長は電話を切るといった。

外勤課で、山岳遭難救助の経験のある吉村《よしむら》が刑事とともに荷上げをすることになった。刑事課からは登山経験のある武居と今井《いまい》が選ばれた。

課長は、富士見交番へ連絡を入れた。

熊谷から道原に代わった。

課長は、犯人の指示を伝えた。

「私か伏見を、荷上げに加えさせていただけませんか。山径には馴れています」

「犯人の出方によっては、道原さんの意見を伺いますが、荷上げはうちの三人がやります。臼窪ノ岩小屋の一・五キロくらい手前の不動清水《ふどうしみず》まで車が入れます。そこでうちの中島と落ち合って話し合ってくれませんか。荷上げをして下ってきた者の報告をきいて、現場で対策を検討してください」

道原が犯人らと接触したい気持ちは理解できたが、課長は、武居、今井、吉村以外の者に荷上げをさせる気にならなかった。

税務署から電話が入った。

「犯人は、臼窪ノ岩小屋へ荷物を届けにくる人を、二人に制限するようにといってきました」

また税務署なのか。警察と市役所への電話は警戒しているらしい。声を録《と》られると思っているからだろうか。

「犯人が、今度なにかいってきたら、もう取り次げないといってくれませんか」

課長は税務署員にいった。

荷上げに選ばれた三人は、ザックに真新しい寝袋や山靴やウエアや食糧を詰め、テントをその上に結わえつけた。

三人は山靴をはいた。

「課長。われわれに拳銃を持たせていただけませんか」

武居がいった。

「犯人を撃つつもりか？」

「状況によっては、そういうこともありえます」

「犯人の男は、人質を取っているんだぞ。ワゴン車を運転していた松沢房子も人質の一人だ。警官の銃を彼に見せるのは危険だ。丸腰で行け」

武居は不服そうな顔でうなずいた。

荷上げの三人はワゴン車に乗った。乗用車が二台そのあとにつづく。

マスコミの車が二台、警察の車両を追いかけた。

刑事課長は窓から署を出て行く車両を見下ろしていたが、

「マスコミ各社に、絶対にヘリを飛ばすなと注意してくれ」

と指示した。犯人を刺激させないためだった。

ヘリが上空で旋回すると、犯人は森林の中に隠れてしまい、荷上げの警官に近づかないだろう。そうなると交渉ができないし、人質のようすを窺《うかが》うことも不可能だろう。

3

道原と伏見は、熊谷巡査部長の運転する車に乗って、北東へ向かった。牛山と宮坂が乗った車がついてくる。

途中からくねくねと曲がる林道になった。

「この辺は行きどまりの道が多くて、都会から車でやってきた人が公道に出られなくなって迷うんです」

森林帯の中の道は見通しがよくない。したがってどこにいるのかの見当がつかないし、同じ場所を堂々巡りしているような気分になるらしい。樹木を伐り出すために造られた道だから、等高線に沿うように曲がりくねっている。

不動清水という林道の途中にある水場に着いた。

林道はもう少し上部まで通っているようだ。

「これは一本道ですか?」

道原は熊谷にきいた。

「さあ。私はここへきたのは初めてです。管轄地域ですが、まず用のないところですからね」

三人は車を降りた。

諏訪署員はまだ到着していなかった。

熊谷の予想だと二十分は遅れて着くだろうという。

「おやじさん。やつらが装備を運ぶように指定した臼窪ノ岩小屋へは車では入れません。この道路か、林の中に車を隠していると思いますよ」

伏見がいった。

「臼窪ノ岩小屋付近に全員が集まっているとしたらな。ひょっとすると、べつの場所にいて、装備を運び終えたころを見計らって取りにくるということもある」

「警察がどんな装備をしてくるかを、彼らは見るでしょうからね」

道原ら三人はふたたび車に乗った。

左右を注意しながらゆっくり走ることにした。牛山らの車ものろのろとついてくる。

道は二股に岐《わか》れていた。伏見が地図に眼を落とした。右へ行くと臼窪ノ岩小屋にかなり近づくことになる。

編笠山へ通じる登山道は、林道の右側を登っていた。

そこへは車両は入れない。

地図を見ると林道はまだ八〇〇メートルほど奥へ登っているようだった。

犯人らがワゴン車を置いているとすればこの付近のような気がする。ここから約一時間登山道を行くと、臼窪ノ岩小屋だ。

道原らの車はUターンした。不動清水で諏訪署員の到着を待つためだった。

牛山と宮坂は二股に岐れた林道を左の方へ入って行った。ゆっくり走っても砂煙が上がった。これを遠くから見ていれば、音をきかなくても車両が近づいたことが犯人らに知られることになる。

「拳銃を持った男がふざけているのでなければ、どこかで息を殺して隠れているだろうな」

道原は、車窓に額をつけて森林の暗がりをのぞいた。

車一台を入れようと思えば、それが可能な場所はいくらでもあった。木材を出すために造ったらしい杣道《そまみち》が暗がりに吸い込まれているところもあった。そこへ車から降りて、タイヤの跡を注意した。

「やつらは四人一緒にいるでしょうか？」

熊谷がハンドルをにぎっていった。

「拳銃男は、常に人質を盾にしていなくてはならない。もし彼が一人になることがあったら、三人は一緒に逃げ出すかもしれないと、気が気じゃないだろうね。彼は、浅井を信用していないと思うんだが、どうだろうか？」

「三対一というわけですか」

熊谷はそういったが、伏見は異論を唱えた。刑事の手から手錠を解かれた浅井は、拳銃男の側についてしまい、彼が用を足しているあいだは二人の女性を監視しているような気がするという。

たしかに、伏見のいうとおりでないと、拳銃男は電話を掛けるために、三人がいる場所を離れることもできない。

「女性二人に、山中へ逃げ込むことを承知させたんでしょうかねえ？」

熊谷だ。

「女性は不承不承だと思いますよ。平地よりも高い山のほうが天気は変わりやすいし、危険もともなう。たとえ逃げるチャンスがきても、男のようには行動できませんからね」

　諏訪署の車が到着した。

「この付近にはワゴン車はありません」

　道原は中島にいった。

「道原さんは、四人は一緒だと思いますか？」

　中島がきいた。

「銃はあっても、人質がなかったらなんの意味もありません。だから拳銃男は、人質の女性を近くに置いているでしょうね。浅井ともう一人の女性を一緒にしておくと逃げ出すかもしれないと思えば、やはり四人一緒にいるんじゃないでしょうか。伏見は、浅井は拳銃男の側についてしまい、人質を監視していそうな気もするといっていますが」

「それも考えられますね。でないと、男は食料を買うことも電話を掛けることもできなかったでしょう。あれだけ頻繁にあちこちへ掛けたということは、街中《まちなか》にいた可能性もありますね。電話をしているあいだも、人質の女性を脇に置いていたのかな」

「そうでしょうね。でないと、車で逃げられてしまう恐れがありますから」

　中島は周囲を見渡してから、

「三人で要求された装備を運びますが、途中で二人にします」

「二人に？」

「犯人が税務署へ、二人に制限するという電話を入れてきたんです。市役所へ掛けたり、営林署へ掛けたり、まったく癪《しゃく》にさわる野郎です」

中島は、道の小石を蹴った。彼はタバコに火をつけると、

「道原さんは、やつらは、指定地の臼窪ノ岩小屋というところにいると思いますか？」

と、煙のからまった口でいった。

「林の中から監視しているでしょうね。犯人にとってやはり最も怖いのは警察です。どういう出方をするかを、じっと見ているはずです」

「やつらのいいなりになって、ただ荷物を置いてくるというのは、面白くない。その近くにいるんなら、話し合いをしたいものです」

「中島さん。私と伏見を行かせていただけませんか？」

「えっ。荷物を背負って？」

「いや。荷物を背負って行く人より少し離れて登ります。あるいは、一般の登山者を装って先を登るという手もあります」

「でも、その服装では……」

「交番から借りてきた装備が車に入れてあります。デイパックを背負って登ります」

中島が乗ってきた車の無線機が鳴った。

彼は車内に入って応答していたが、メモを持って降りてきた。

「きのう列車内で人質になった女性は、東京の菅井栄子《すがいえいこ》という人ではないかという連絡です。菅井という女性は四十一歳だそうです」

「年齢はそんなものです」

「松本にいる菅井栄子の夫から連絡があって、人質はもしかしたら妻ではないかということです」

中島のいったことを、道原はノートに控えた。

車は一キロばかり前進した。林道の分岐点に着いた。

そこには牛山と宮坂が乗った車が待機していた。二人は西に延びる林道沿いを見てきたのだが、やはりワゴン車を発見することはできなかったという。

道原と伏見は、軽登山の服装に替えた。

日帰り登山でも、この時間に登って行くのは遅過ぎる。山をよく知っている者なら怪しむのではなかろうか。

人質を含む四人の中に松沢房子がいる。彼女は登山経験を積んでいる。道原と伏見を見たとしたら彼女は、一般の登山者ではないと判断するだろうか。ひょっとしたら警察関係者ではないかと見れば、彼女は少しは安心しそうな気がする。彼女にも、人質にされてしまった女性にも、警察が救出するための行動をとっているのかどうかはまったく分かっていないはずだ。彼女らに気を強く持たせるには、救出が近いという印象を与えておくことだ。

中島と話し合って、道原と伏見は、荷上げの警官より一足先を登ることにした。四、五分後れて、武居と今井と吉村がザックを背負って登ってくる。途中で、今井と吉村が荷を背負い、武居は下ると見せかけて森林に隠れることになった。もし二人に事故があった場合、基地への連絡が必要だからだ。

陽の差し込まない樹林帯の中の荒れた登山道を、道原と伏見は無言で登った。二人は両側に眼を配った。水筒を出し、水を飲む振りをして、樹林帯に動くものがないかを注意した。

岩屑の上に新しい踏み跡がないかをさがした。

きのう特急列車の中で人質にされていた四十歳見当の女性は、踵のそう高くない白い靴をはいていたように覚えている。それにしてもこの山径を登るのはキツかったはずである。

拳銃男は、山中に逃げ込むことを決めたとき、彼女に歩きやすい靴を買って与えたろうか。彼女は、山登りには不似合いな水玉のワンピースを着たままでいそうな気がする。

浅井は手錠をどうしただろうか。岩片で何度も叩くかして壊したろうか。拳銃男がもしも浅井に警戒心を抱いていたとしたら、手錠を壊すのに手は貸さなかったと思う。

松沢房子は、いまは八ヶ岳山麓に住んでいるし、山にも馴れている。彼女は常に男たちの挙動に眼を配り、スキがあったら逃げ出そうとしているのではないか。逃げ出したはいいが、その後、自分の住まいでもある民宿を知られている以上、安心はできない。拳銃男が襲ってくるのを忘れることができず、いうがままになっているのではないか。

臼窪ノ岩小屋が現われた。獣の棲み家のように、岩の重なりのあいだに、くぐり込める程度の穴があいている。内部の広さがどのくらいなのかの見当はつかなかった。穴の中をのぞいて見たかったが、犯人たちが近くから眼を凝らしていることを思うと、ここを無関心の体《てい》で通過すべきだった。

浅井は登山装備の二人を見て、道原と伏見だと分かるだろうか。二人の顔を知らないのは松沢房子だけである。

岩小屋を通過して五、六分登ったところで、道原は右側の樹林の中へ踏み込んだ。伏見も背後を振り返ってから、ササと小木を分けて入ってきた。

二〇メートルほど入ると、樹木はまばらになった。

二人は斜面を、やってきたほうへ戻った。

そろそろ荷物を背負った今井と吉村が岩小屋に登り着くだろう。

岩小屋の五、六〇メートル手前で、武居は樹林の中に身を隠し、荷物を背負って行く二人を監視することになっている。

岩小屋が見えるようになった。道原と伏見は、木陰から登山道を凝視した。

今井と吉村が登ってきた。二人とも犯人が指定した緑色のザックを背負い、雨蓋《あまぶた》の上に緑色のテントを結わえつけている。燃料や食料が入っているから、かなりの重量のようである。

岩小屋を見つけると、二人は下方へ向き直って腰を下ろした。
二、三分のあいだ、二人は肩で息をしていたが、ザックから腕を抜いた。
今井は周囲を警戒しているふうだった。

両膝を突いて、ザックのバンドをゆるめた。

4

「持ってきた物を全部広げろ」

どこからか男の声がした。

道原と伏見は、薄暗い林の中で顔を見合わせた。

今井と吉村は一瞬、見構える恰好をしたが、荷ほどきにかかった。

二人は、テント、寝袋、山靴、燃料といった具合にそれぞれをまとめて、岩小屋の前に並べた。

「これでいいか？」

吉村が怒鳴るような声を出した。彼はがっちりした大男だが声も大きかった。

「二人は、警官か？」

犯人らしい男の声だ。

「そうだ」

吉村が返事した。

「裸になれ」

「どうしてだ？」

「いうとおりにしろ」

吉村と今井は、汗に濡れた半袖シャツを脱いだ。

「ズボンも脱げ」

どうやら男は、岩小屋側の林の中にいるらしい。

吉村と今井は下着だけになった。

犯人の男は、荷上げの警官が銃を携行しているかどうかを確かめたようである。

吉村と今井は、服装をととのえた。背中が空になった。

「これからどこへ登るつもりなんだ?」

吉村がきいた。

「どこへ行こうと大きなお世話だ。さっさと下って行け」

「折角届けたのに、礼の一言もいわないのか」

「ご苦労だった」

「いずれこれの料金はしっかりもらう」

「そうかい」

「あんたも卑怯な男だな」

「どうしてだ?」

「見えないところからものをいうなんて」

吉村は粘っている。彼は犯人の姿をなんとかして道原らと武居に見せようとしているらしい。

「おれの姿や顔を見たところでなんになる?」

「あとの三人は、どこにいるんだ?」

吉村は頭を回した。今井は早く下りたがっているようだ。

「そんなことは関係ないだろ」

「そうはいかない。あんたは何者だか知らないけど、あとの三人は身元がしっかりした人たちなんだ」

「なんだと。三人とも身元が分かっているっていうのか？」

「ああ」

吉村はヤマを張った。人質になった四十歳見当の女性の身元は明確になっていない。あるいは菅井栄子という人ではないかと推測されているだけである。

「三人には、ちゃんとした家族がいる。その人たちに、無事でいることを知らせてやらなくてはならない。元気でいるかどうかぐらいは、いまいってくれてもいいだろ」

「元気だ。全員元気だ」

「食事は摂っているのか？」

「よけいな心配だ」

「食料は十分持ってきたつもりだから、三度三度食事はしっかりしてくれ」

「ご丁寧にありがとう。足りない物があったら、遠慮なく電話で連絡する。ところで、電話は通じるんだろうな？」

「森林の中や谷底じゃ無理だ」

「どうして、どこでも通じるやつを持ってこなかったんだ」

「持ってきたのは新鋭機だ。これ以上のはない。さては、携帯電話を見たことがないんだな？」

「いつまでもつべこべいっていないで、さっさと下れ」

「すぐに昼飯にしろよ」

吉村は、岩小屋の上のほうを向いて大声でいうと下り始めた。道原の位置から三分としないうちに二人の姿は見えなくなった。

岩小屋の上部で灌木が揺れた。その揺れが右のほうへ移動した。ちょうど野生動物が歩いているようだった。

岩小屋の中にでもひそんでいるのかと思ったが、それだと逃げることができないから、林の中に身を沈めていたようだ。

灌木の揺れ動くのを見ていると、それは一人ではないようである。やはり四人がひとかたまりになっていたのか。

人質の女性二人は、今の吉村の声をきいたことだろう。彼の頼もしい言葉は、彼女らに希望と勇気を与えたのではなかろうか。

林よりも一段低くなっている登山道へ、男が飛び下りた。

道原にとっても伏見にとっても、忘れることのできない男だった。拳銃男である。

彼はきのうと同じブルーのジャケットを着、白いズボンをはいていた。

つづいて林の中から現われたのは、浅井だった。彼の右手には光る物があった。手錠が掛かったままなのだ。拳銃男が手伝って、手錠を壊して取りはずしたのかと思ったが、やはり彼は浅井を信用していないようだ。

次に白っぽいシャツにブルージーンズの女性が、軽い身のこなしで小径に下り立った。松沢房子に違いない。彼女は、髪を後ろで束ねていた。

房子らしい女性は林の中に腕を伸ばし、下りてくるもう一人に手を貸した。

水玉模様のワンピースが現われた。列車内で人質になっていた人だった。彼女はなんと、黒いゴム長靴をはいていた。

長靴は、房子が運転していたワゴン車に積んであったのではないか。きのうはいていた白い靴よりはマシなようだ。

拳銃は腰にでも差しているのか、男の手にはなかった。

四人は、二人の警官が置いて行った登山装備に近寄った。

四人は、気の合ったグループのように見えた。

首謀者の拳銃男は、四つのザックに寝袋や食糧や燃料やらを詰めさせた。

やはり彼は三人の身動きに注意を怠らなかった。二メートルほど離れたところで、三人の作業を監視しているのだった。もしも誰かが凶器になるような物を手にしたら、拳銃を取り出そうと身構えているらしかった。

道原は、ザックに物を詰める三人の顔に注目した。五〇メートル近く離れているが、よく見えた。

不思議なことに、三人ともそう疲労しているふうではない。けさも昼も食事をしたのか、食料の中にクッキーの箱を認めながら、それを破って口に入れようとはしなかった。

あるいは、極度の緊張によって、空腹を感じなくなっているのだろうか。

道原の眼をちかちかと射るのは、浅井の手首で動く手錠だった。飛びかかって、彼だけを引きずって山を下りたいくらいだった。

その浅井は、飲料水のボトルの栓をひねった。自分の口に運ぶのかと思ったら、水玉模様のワンピースの女性に手渡した。

彼女は水をラッパ飲みすると、房子にボトルを渡した。

飲み終えると房子は、左手の甲で顎に伝わった滴を拭った。

浅井が左手で水を飲んだ。そのとき気づいたが、彼のシャツの背中は大きく裂けていた。

浅井は、ボトルを拳銃男のほうへ突き出した。

男も水を飲んだ。ボトルに水は残った。

男はザックの一つを引き寄せると、それに水の残ったボトルを突っ込んだ。大型ザックを二人の男が背負った。房子は自分で中型ザックに腕を通した。浅井は中型ザックを、水玉模様のワンピースの背中にのせた。そのザックが最も軽そうに見えた。

二人の男は、なんだか弱い者をかばっているように見えた。知らない者の眼には、脅迫者と人質には映らないのではないかと思われた。

四人は、ここで山靴にはき替え、ウエアを交換するのかと思ったが、そうではなかった。

どうやら人目につかない場所へ、まず荷物を運ぶようである。

拳銃男は、登山道の上方を気にかけているように見えた。

さっき登って行った二人連れ、つまり道原と伏見が下ってくるのではないかと気を揉んでいるようである。彼には二人の登山者の正体が分かったのだろうか。それならさっき荷を下ろした今井と吉村に、なにかいいそうなものだった。

いわなかったのをみると、ただの登山者に見えたのか。

四人は、さっき林から出てきたところへ引き返すらしい。

まず拳銃男が木の枝をつかんで登った。

彼は林の中にザックを下ろすと、登山道へ向かって腕を伸ばした。

水玉ワンピースの女性を引っ張り上げ、つづいて房子を同じように引き上げた。

浅井は自分で枝をつかんで、土煙を上げて林の中へ入った。

四人が入って行ったところには、キャンプするのに適当な平坦地でもあるのか。

それとも林の中を縫って行くと、ワゴン車が隠してあるところへたどり着くのかもしれない。

5

道原と伏見は、林から出て登山道に下りた。

反対側の林へ入って行った四人を尾《つ》けてみたかった。しかし、彼らの隠れ処《が》を知ることによって、人質が危険な目に遭うのを考慮に入れなくてはいけない。

がさっと、背後でササの揺れる音がした。二人は身を沈めた。拳銃男に正体を見破られたのかと思った。

登山道に出てきたのは、諏訪署の武居刑事だった。

「見ましたか?」

武居がきいた。

「見たよ。なんだか仲のいいグループみたいだった」

道原が答えた。

「まったくです。……拳銃は見えませんでしたね」

「逃げたり抵抗さえしなければ、銃は向けないという話し合いができているんじゃないだろうか」

「なるほど。考えられますね」

「だが、あの首謀者は三人の挙動に注意を払っていた。あの男のほうは、人質のほうを信用してはいないのだろうね」

「道原さんたちから見て、殺人犯のようすは、どうでしたか？」

「手錠は相変わらずぶら下げたままだった。あれが人質に対する威嚇になっているようにも見えたね」

「簡単ではないけど、壊そうと思えば壊せないことはないのに、ぶら下げているのは、首謀者の意思がそこに反映していそうな気もしましたね」

「そうだね。首謀者は手錠を壊すことに手を貸さないのだと思う」

武居は、どうするかというように、四人が林の中へ入って行ったところを見つめた。

「ここから尾けて行ったら、近づかないうちに気づかれる。地形をよく検討して、反対側から入ろうじゃないか」

道原はいった。

三人は、いったん基地まで下ることにした。

車のボンネットに寄りかかっていた中島は、道原たちを見て、

「ご苦労さまでした」

といって、幌つきトラックの荷台に案内した。

林道には、さっきよりも車両の数が増えていた。

紺色の作業服の男たちが何人もいた。警官である。

もし山狩りの必要が生じたら、一斉に行動するという態勢のようだった。

トラックの荷台で、検討会議が開かれた。

道原は、四人のうち男一人は拳銃男に間違いないこと、もう一人は浅井弘行であることを報告した。

荷物を背負って登った今井と吉村は、犯人たちを見ていないから、道原の話にさかんに顎を引いた。

「四人が仲がよさそうというのは、ヘンな感じですねえ」

中島だ。

「いや。内心は、スキがあったら逃げ出そうと、その機会を窺っているでしょうね。浅井はどうか分かりませんが」

「吉村君の報告だと、男はずいぶん居丈高だそうじゃないですか？」

「彼も内心は怖がっているんです」

「裸にまでされたといって、えらく怒っています」

「それだけ警戒しているということです。今後また、消耗品を運ばせることがあるでしょう。そのたびに身体検査をするぞという意思表示じゃないでしょうか」

「吉村君も今井君も、捕まえたら、首謀者の頭を殴らせてくれっていっています。私も同じですが」

「どうぞ、ご自由に」

四人はたぶん、臼窪ノ岩小屋の上部に当たる林を横切って、西岳《にしだけ》への登山道へ出るのではないだろうかと、道原は地図を指差して推測を話した。

「彼らが林に入った地点を考えると、十分その可能性はありますね」

中島もボールペンの先を地図に当てた。

「きょうは、編笠山か西岳の南側の森林帯で露営するでしょうね」

伏見だ。

「装備をととのえる必要がありますからね」

中島は顎を掻いた。

首謀者としては、全員を山に馴れさせる必要があると考え、幕営《ばくえい》の訓練をするのではないか。

装備のすべては警察が用意した物である。したがって犯罪者にとっては安心できない点があるだろう。はたしてなにかの仕掛けがしてあるのではないかと、山具の一つ一つを入念に点検するに違いない。

中島は本署に連絡し、営林署の造林関係者で、犯人らが分け入って行ったこの辺りの地形に通じている人に意見をききたいといった。

それに対する回答はすぐにあった。茅野市に、編笠山および西岳南麓の森林に詳しい人がいる。その人が現地に向かうということだった。

あらたに警察の車が到着した。弁当を運んできたのだった。

「中島さん。われわれもここへテントを張ったらどうでしょうか?」

武居がいった。

「そうだな。そうでもしないと、やつらを野放しにしているみたいだものな」

味噌漬けと佃煮のついたにぎり飯が配られた。

豊科署の道原、伏見、牛山、宮坂が木陰でひとかたまりになって食事した。

道原は、どうしても松沢房子が運転していたワゴン車を見つけたかった。犯人がワゴン車での移動を放棄したか、まだ執着があるかは、今後彼らを追跡するためには重要なカギになりそうな気がした。

「やつらは、テントを張り終えて、着替えでもしているころでしょうか?」

中島がくわえタバコでトラックを降りてきた。

彼は携帯電話機を持っていた。口を歪めて、ボタンを押した。犯人に提供した電話へ掛けたのだった。

通じないらしい。彼は三回繰り返したが、やはり交信はできなかった。ぎっしり生えている樹木に、電波が遮断されてしまうらしかった。

犯人のほうも同じことで、不足物資があっても、それを携帯電話で要求することはできないだろう。

物資や山具よりも、人質にされている女性二人が、無事でいるのを家族に知らせることを道原は祈った。もしも交信可能になったら、首謀者にそれを勧めようと思った。

望月《もちづき》という五十歳見当の小作りの男が、小型トラックでやってきた。

「森林組合の者です。営林署から連絡を受けてきました」

望月は黄色の帽子を脱いだ。頭の地まで陽に焼けていた。

中島は、望月を幌つきトラックの荷台へ上がらせた。道原も幌の中へ入った。

中島は、犯人を含む四人の登山経験のあるなしと、警察が与えた装備を説明した。

登山経験といっても、拳銃男と中年女性については明らかでない。しかし、山中を逃げようという発想は登山を経験しているか、熟知している者に違いないと判断しているのである。

望月は地図に太い指を当てて、付近の地形を説明した。

四人がきょう、幕営するとしたらこの辺りだろうと望月がいったところは、岩小屋より五〇〇メートルほど北側だった。

「地図には沢が載っています。切掛川《きりかけ》といいます。わずかに水が流れていて、その左岸は平坦で、幕営にはもってこいです」

望月はいった。

「そこへ近づくには、どこから入ればいいでしょうか？」

「林道を遡《さかのぼ》る方法もありますが、途中で行きどまりになっています。沢を遡るのが最も安全でしょうね」

「案内してくれますか？」

「犯人は、ピストルを持っているのでは？」

「持ってはいますが、やたらに撃つようなことはありません。望月さんは、警官の後ろを登ってくだされば大丈夫です」

「じゃ、行きましょう」

中島は、武居と今井と吉村を選んだ。

彼らには無線機を持たせた。途中までは望月がトップに立つことになった。

本署から中島に連絡が入った。

人質の中年女性が菅井栄子かどうかの確認ができたかという問い合わせだった。

犯人が指定した場所へ装備は置いたが、人影は見えず、人質の身元を確認するような状態ではなかったと、中島は回答した。

道原が無線連絡に応答した。登山道をへだてた林の中から四人を見たが、いずれも健康状態には異状はなさそうだったと報告した。

相手は刑事課長だった。

「民宿の松沢さんに伝えてください。奥さんの姿をしっかり見ましたが、元気そうでしたと」

「了解しました」

房子の夫の松沢は、彼女の居場所が分かったら連絡してくれといっていた。彼は妻に渡したい物があるということだった。

犯人は、かならず他の物資を要求してくる。そのとき、夫のいう物を一緒に入れ、房子に渡るようにしてやろう。だが、松沢が房子に渡したい物とはいったいなんだろうか。

道原がそれをいうと伏見が、

「房子には持病でもあるんじゃないでしょうか？」

「考えられることだな。毎日薬を飲んでいないと、発病する危険があるということかな」

「もしそうだったとしたら、マイクで犯人に呼び掛けて、薬を渡さなくてはなりませんね」

「それをきいて、房子を解放するようなやつだといいけどな」

牛山がいった。

望月が、三人の警官とともに基地へ戻ってきたのは午後五時過ぎだった。

基地には二張りのテントが設けられた。その一つには無線機が据えられ、マットの上には地図が広げられていた。

中島はそこへ望月らを招いた。道原も呼ばれた。

「テントも人影も見えません」

まず武居がいった。四人の靴もズボンも濡れて色が変わっている。

「テントが見えないものですから、彼らが歩いたと思われるところをさがしました」

吉村がいった。林の中をさがし歩くうち、湿った土の上に足跡を発見した。それは何人かの山靴の跡だった。

その林の中は登山道ではない。靴跡の新しさからいって、犯人ら四人のものに違いないということになった。

靴跡は西に向いて連なり、望月が露営地に最適だといった切掛川へ下っていた。だが、そこから靴跡は途切れている。川を渡ったのかとみて、対岸もさがしたが見当たらなかったという。

「川沿いの平坦地にテントを張ろうとしたが、露営にはもってこいの場所だから、われわれに発見されそうだと思いついて、べつの場所にしたんだろうな」

中島だ。

「そうに違いありません」

「よし。あしたは、林の中の靴跡を採取しよう。本署には靴底の型が採ってあるから、やつらの物かどうかはすぐに分かる。それから増員して、川沿いの樹林帯を捜索しよう。もし露営すれば、かならず痕跡が残っている」

武居らはうなずいたが、山案内をつとめた望月だけは小首を傾げていた。

犯人ら四人は、警察が提供した装備を点検しなくてはならなかったし、着替えにも時間を費やしただろう。それを考えると、今夜の露営のために、早々にテントを設営したはずである。それが見当たらないというのは解せない。

「中島さん。四人はひょっとしたら、岩小屋を西側に向かうように見せかけ、途中から進路を東にとったんじゃないでしょうか？」

望月は、地図を指先でなぞった。

首謀者は、道原らの警官が岩小屋とは反対側の林の中から行動を監視していたのを見抜いていた。それで、いったん西側の林に入り、そこで今度は監視の警官が下るのを見ていた。

三人が下ったのを確認してから、東側に進路を変更したのではないかという。

「望月さん。それなら四人の靴跡は東を向いてなくてはならないでしょ」

「西側へ歩くときは、湿った土の上を歩き、東へ向かうときは、北か南を大巻きして、枯れ落ち葉の堆積の上を歩いたかもしれません」

「やつらは、われわれの動きを予測して、ウラをかいているということですか」

「よく山を知っている人で、なかなかの知恵者がいるんじゃないでしょうかね」

望月のいう知恵者は首謀者ではないか。彼は登山経験を積んでいるようにも思われる。

浅井も山をやっていた男だ。二人は話し合っては、警察のウラをかく方法をとっているのだろうか。

そうだとしたら、二人の男はなんのために逃げるのか。ただ警察に捕まりたくないということなのだろうか。

第四章　迷　路

1

七月二十日、早朝。

山梨県警から十五人、長野県警から二十人が、不動清水の前線基地に集合した。全員、登山装備である。

編笠山への登山道、西岳への登山道。さらに両山から権現岳への登山道へ、四人の痕跡を求めて捜索することになった。

道原は、諏訪署の中島刑事の要請で、基地に残ることになった。

豊科署員では、伏見、牛山、宮坂の三刑事が捜索に加わった。

きのう山中を案内した森林組合の望月もやってきた。

きのうの臼窪ノ岩小屋の西側森林内で発見した複数の靴跡の型も採《と》ることになった。

本署に記録されている靴底の型と一致すれば、犯人ら四人の靴跡に間違いないのだ。

午前九時半ごろだった。基地のテントに三十半ばの男が現われ、

「道原刑事さんはいらっしゃいますか?」

といった。

「私ですが」

道原はテントから顔を出した。

「松沢です。小淵沢で民宿をやっている松沢です」

「ああ、あなたでしたか。……奥さんがとんだ目に遭われて、ご心配でしょう」

道原は、テント内に松沢を招いた。

松沢の民宿へは、道原は一度電話を掛けている。それで彼の名を知っていたのだ。

「きのう、家内は元気だという連絡を、警察の方から受けましたが、心配になったものですから」

「ごもっともです。きのう奥さんを見たのは私です。犯人が要求した物資を届けた直後に、四人は林の中から次々に出てきて、ザックに物を詰め、ふたたび林の中へ消えて行きました。奥さんは、まるで人質になっているようには見えませんでした」

「あの、顔がむくんでいるようではなかったですか?」

「初めて見たわけですから、普段のようすは知りませんが、健康を害しているふうで

はありませんでした。奥さんは、どこか悪くしていたんですか？」

「妊娠しているんです。一週間ばかり前に、顔も手足もむくむといって、お医者さんへ行ってきました」

「シーズンですから民宿は忙しいでしょうが、体調は悪そうでしたか？」

「顔がむくんでいたときは、からだが少しだるいといっていましたが、おとといはなんでもないようでした」

松沢は透明のポリ袋に入れた物を出した。医院の名が刷られた薬の袋だった。

彼が房子に渡したいといったのはこれだったのか。

「それから、房子は毎朝これを食べていましたので……」

松沢は四角いポリ容器をマットの上に置いた。

「食べ物のようですが？」

「梅干です。紀州《きしゅう》の友人が送ってくれるもので、ここ五年間、毎朝欠かしたことがありません」

「松沢さんには、たしかお子さんは……」

「ありません。房子は初めて妊娠しました」

松沢はそういって眼を伏せた。

無線機が呼んだ。

中島が応じた。

「松沢さん。お宅に奥さんから電話があったそうです」

中島は、レシーバーを耳に当てていった。

「えっ。房子から……」

「お宅にいる方が、うちの署へ、奥さんから電話が入ったことを知らせてきたんです」

中島は応答して、レシーバーをはずした。

「家内は、どこから掛けたんでしょうか？」

「それはいえないといったそうです」

「いえない……」

「警察では、犯人の要求に応えて携帯電話機を渡しました。奥さんは、それを使ったのだと思います。現在いる場所を教えられないといったのは、犯人がそばにいるからです。場所は教えるなといわれているのでしょう」

「それで、家内は、なんていったんでしょうか？」

「どこも悪くないとだけいったそうです」

松沢は、肩から力が抜けたような息をした。

「お宅には、奥さんのご家族でもきているんですか？」

「はい。きのう、房子の母親がきて泊まっています。アルバイトの女の子と、その母親も手伝ってくれていますから、民宿のほうはなんとかやっていられます」

松沢は、房子の居場所が分かったら、この二つを届けてやってくれといって腰を上げた。

テントを出ると北のほうを向き、房子は編笠山からの眺望が好きで、二人で何度も登ったものだといった。

「甲斐駒が間近に見えますね」

道原は松沢と並んで、緑の樹林の先端を眺めた。

「地蔵《じぞう》もよく見えます」

編笠山山頂で南を向くと、ゆるやかな傾斜が緑の海のように見渡せる。街は谷底にあり、そこを川が絹糸のように光って流れ、おもちゃのような列車がゆっくりと横切って行く。いくつかの段丘や小山を越えて、視界を遮っているのが甲斐駒ヶ岳である。

松沢は、道原と中島にあらためて頭を下げると、白っぽい小型車を運転して、森林の中の道を下って行った。

それから約一時間後、諏訪署員が運転する車に乗って、五十歳近い男がやってきた。

その男の髪には白いものが混じっていた。白いスポーツシャツにグレーのズボンをはいた彼は、

「菅井と申します」

といって、深く腰を折った。

「菅井さんとおっしゃると、菅井栄子さんの？」

中島がきいた。

「はい。家内がとんだことでご迷惑をお掛けしています」

彼は菅井利一《りいち》、といって、工作機械の大手、中日本精工の生産管理部副部長だった。

菅井はきのう、テレビニュースで、拳銃を持った男が四十歳見当の女性を人質にして逃走中であるのを知り、人質にされたのは、もしや妻の栄子ではないかと思って諏訪署に連絡したのだった。

そのニュースは、ゆうべも流れたしけさも報じられた。警察に登山装備を含む物資を山中に届けさせ、なお逃走中ということだった。

「私は、夏休みを取って、浅間《あさま》温泉の別荘におりましたが、家内ではないかと思うと居ても立ってもいられなくなって、出掛けてまいりました」

菅井は、垂れてきた前髪を掻き上げた。

「人質の女性が、どうして、奥さんではないかと思いましたか？」

中島がきいた。

「じつはきょう、私のいる別荘へくることになっていました。きのうの朝のテレビで事件を知り、東京の自宅へ電話しましたが、家内が出ません。私と二人住まいです。ひょっとしたら、二日早く松本へくる気になって列車に乗ったところ、運悪く災難に遭ったのではないかと思いました」

「奥さんは、おいくつですか？」

　道原がきいた。

「四十一ですが、二つ三つ若く見えます」

「体格は？」

「身長は一六〇センチで、中肉といったところです。丸顔で、色は白いほうです」

「白地に紺色の水玉模様のワンピースをお持ちになっていますか？」

「持っています。家内が気に入っている服です」

「拳銃を持った男が、どこから列車に乗ったのかは分かっていません。脅迫されているのが分かったのは、甲府を過ぎてからです。おととい、奥さんが列車に乗ったとしたら、新宿からでしょうか？」

「自宅は世田谷《せたがや》区ですから、新宿だと思います」

「犯人の男とたまたま隣り合わせになったというだけで、拳銃を横腹に突きつけられることはないと思います。もしかしたら奥さんは、ご自宅で男に脅され、そのまま人質にされて列車に乗ったんじゃないでしょうか？」

道原は、菅井の眼を見ていった。

「どういうことか、私にはさっぱり分かりません」

菅井は、顔を小刻みに振った。ゴルフをやるらしく、額より頰のほうが黒く、腕も陽焼けしているのに、左手の甲はグローブをはめたように白かった。

道原と伏見は、一昨日の特急の中で、拳銃男とともに人質の女性もじっと見ていた。彼女が騒ぎ出すのを怖れてか、男はハンカチで隠した拳銃を彼女の横腹に突きつけていた。なにかを要求しているか、女性のほうも凶器を持っているのなら、男がそうすることが考えられるが、彼女は素手《すで》のようだった。

「菅井さんは、奥さんが予定よりも二日前に、松本の別荘へおいでになることにしたのではないかといわれましたね？」

「人質にされている人が家内だったら、そうではないかと思いました」

菅井は、瞳を動かして答えた。

「別荘へおいでになるつもりなら、旅行用のケースを持って出発されるでしょうね？」

「はい」

「人質になっている方は、白いハンドバッグしか持っていませんでした」

「そうですか。それでは、家内ではないのでしょうか……」

「ゆうべも、きょうも、東京のご自宅には電話しましたか？」

「しました」

「どなたか、奥さんの行き先を知っている人はいないのですか？」

「一人娘が京都におります。学生です。ゆうべそこへ電話しましたが、家内のことはなにも知らないといっていました。娘はきょう東京の家へ帰ってくることになっています」

道原は質問を打ち切った。

中島は無言で二人の会話をきいていたが、

「人質の女性がもし奥さんでしたら、あなたのいる別荘か、東京のお住まいへ電話しているんじゃないでしょうか」

と、彼も菅井の顔をにらむようにしていった。

「えっ。電話をですか？」

「犯人が要求したとおり、携帯電話を届けました。もう一人の人質の民宿の奥さんは、きょう、自宅へ、元気だという電話を入れています」

中島はそういってから思いついたらしく、菅井の自宅と別荘の電話番号をきいた。

道原もそれをノートに控えた。

中島は、携帯電話で犯人が持っている電話の番号をゆっくり押した。

やはり通じなかった。茅野市や諏訪市では通じるのに、ここは電話網のエリア外なのか。それとも周りを山と林に囲まれているこの地形がよくないのだろうか。

2

菅井利一は、諏訪署の車に送られて下って行った。

離れた場所から新聞社のカメラマンがそこを撮った。

「道原さんは、今の菅井の話をきいて、細君だと思いましたか?」

中島は、缶コーヒーを口に傾けてからいった。

「細君のような気がします。彼のいう特徴がそっくりです」

「細君が、予定より二日も早く別荘へ行くことにしたら、その旨を、夫に電話で伝えそうなものですが……」

「私もそう思いました。菅井には事件の予感のようなものがあったんじゃないかという疑いを持ちましたが、私の考え過ぎでしょうか」

「道原さんのいうとおりだったら、彼には拳銃男が誰かの見当がついているでしょうね」

「菅井には、その男の名をいえない理由でもあるのでしょうかね？」

風が出てきて、テントが鳴り出した。

「道原さんは、人質の女性と拳銃男は、始発駅の新宿から列車に乗ったとみていますよね？」

中島は念を押すようにいった。

「間違いなく新宿からだったと思います」

「すると、女性は、自宅にいるところをあの男に銃を持って押し入られ、そのまま旅装もできず、列車に乗せられたものと考えられますね」

「たぶんそうでしょうね」

テントの外で忍び寄るような足音がした。

道原はそっと首を出した。

新聞記者だった。彼はテント内の刑事の会話を盗み聞きするつもりで近づいてきたようだ。そこを刑事に悟《さと》られた。記者は体裁《ていさい》悪そうに頭を掻いて背中を向けた。

「ちょっと」

道原は呼びとめた。

記者は、振り向いて肩に首を埋めた。

「君たちは、社と連絡を取ったり記事を送るとき、携帯電話を使うのかね？」

「山岳地では携帯電話は通じません」

「エリア内でも」

「こんな森林帯では電波が飛びませんからね」

「それで？」

「近くのゴルフ場へ行って掛けています」

「他社も？」

「同じです」

道原は、中島に断わって、最寄りのゴルフ場へ車で行ってくることにした。二十分もあれば着ける距離だった。

乾燥した林道はもうもうと砂煙を上げた。三、四回曲がったところでスピードをゆるめた。案の定、さっきの記者の車が尾けてくるのが樹林越しに見えた。

ゴルフ場は間もなくきょうの営業が終了するところだった。陽に焼けたゴルファーが車で引き揚げて行く。

事務室へ行くと、支配人が出てきて、応接室に通された。

道原は、事情を簡単に話し、きのうからきょうにかけて、意味不明の電話が掛かってこなかったかをきいた。

支配人は、長身の女性職員を呼んだ。

「そういう電話は受けていません」

彼女はいってから、はっと思いついたように、

「きのうの朝、このクラブハウスで何回も電話を掛けていた男の方がいました」

といって、公衆電話があるほうを指差した。

道原はソファを立った。

彼女がドアを開けた。玄関を入ってすぐの右手が電話室になっていた。それはガラス張りの格子戸つきボックスだった。隣の会話がきこえないようにしてか、二つのボックスのあいだには三〇センチほどの間隔があった。

「あなたは、きのうの朝、電話を掛けた男を見ましたか?」

「朝はフロントが混雑しますので、一時間ぐらい手伝います。そのときに何度か見ました」

彼女の眼にその男はゴルファーではないと映った。それでつい気にするようになったのだという。

道原は男の体格をきいた。

「身長は一八〇センチ近いと思います。ブルーの上着に白いズボンでした。サングラスをしていました」

拳銃男に間違いなさそうだ。彼は、午前七時十五分に市役所へ掛け、登山装備の目

録を宿直の職員に書き取らせている。その後、営林署と税務署に掛け、警察をきりきり舞いさせたのだった。

男は、ゴルフ場が早朝から営業を始めることと、一時フロントが混み合うことを知っていた。人里離れていて駐車場がある。たくさんの車両の中に入ってしまえば目立たないことなどから、ここを選んだようだ。

「電話を掛けていた男は、一人でしたか？」

「一人でした」

人質をワゴン車に残してきたのか。残してきたということは、浅井が二人の女性を監視していたのか。男は浅井に、拳銃を渡したのだろうか。

浅井は人の眼のあるところでは外に出られない。右手に光った手錠がぶら下がっているからだ。

ゴルフ場のクラブハウスには、レストランもあるし売店もある。ひょっとしたら四人はここのレストランで朝食を摂ったことも考えられる。

道原はレストランの係員を呼んでもらった。

四人の風貌を話した。記憶がないという。道原は電話ボックスから、諏訪署の刑事課長に、犯人からのきのうの朝の電話はゴルフ場かららしいと伝えた。

同署ではあす、電話ボックスから指紋を採取する。

採取した指紋はただちに前歴者の指紋と照合する。それによって犯人の身元が割れることがあるのだ。

「なにか、収穫がありましたか？」

道原が車に戻ると、新聞記者が寄ってきた。

「なにも……」

彼は、車が数台しかなくなった広い駐車場を抜け出した。

編笠山と西岳の頂稜に西陽の光が残っていた。


捜索隊員は続々と基地に戻った。

中島は、それぞれの責任者から報告をきいたが、四人の足取りに結びつく情報はまったくなかった。

編笠山・ノロシバ鞍部にある青年小屋の人や途中で出会った登下山者にもきいたが、犯人を含む四人と思われるパーティーを見たという情報はなかった。

この結果、首謀者の男は山靴など要求して、いかにも八ヶ岳連峰を縦走するかに見せたが、じつは山麓の森林帯にテントを張って、ひそんでいるのではないかという見方が有力になった。それにしても、青いワゴン車が見つからない。

編笠山と西岳西麓の森林帯には林道が何本も通っている。あすは森林組合の望月の指揮で、林道に沿ってワゴン車の発見につとめることを決めた。

「おやじさん」

伏見が横から低声《こごえ》でいった。

彼は、日没後、ヘリコプターを飛ばしたらどうかといった。テントには灯りがつく。疎林にいれば、その灯りが上空から見えるのではないかという。

「ヘリの音をきけば、灯りを消してしまうよ」

道原はいった。

「そうか。……じゃ、夜間、林道に沿って歩いてみましょうか。まっ暗ですから、小さな光でも眼につくんじゃないでしょうか」

伏見の意見は中島に伝わった。

隊員は、昼間の往復で疲れているだろうが、夕食のあと、午後九時まで捜索を再開することにした。

この捜索で二組のカップルが見つかった。いずれも森林の中にテントを張っていたのだった。

二組とも車でやってきて、べつべつの場所でキャンプをしていた。キャンプ指定地でないということで、二組は望月の指示で追い立てられた。

テントの布を通しての光はかなり弱いが、暗黒の世界であるだけに、それはかなり遠くからでも発見できた。

二組のカップルは、犯人らとはなんの関係もなさそうだった。

捜索隊員は、へとへとに疲れて帰途についた。

午前中に松沢が持ってきた、房子に飲ませる薬と紀州の梅干を彼女の手に渡すことはできなかった。道原はそれを手に提げた。

半月が真上にきていた。夕方の風もやんだ。草叢《くさむら》で鳴く虫の音が高くなった。

3

翌朝。富士見交番の二段ベッドで正体なく眠っていた道原と伏見は、当直巡査に揺り起こされた。

「豊科署の四賀さんとおっしゃる方から電話です」

「な、なにっ。四賀課長……」

「課長さんですか？」

若い巡査はいった。

「刑事課長だ」

四賀課長は自宅にいるはずだ。

道原は、スリッパもはかずに受話器を取り上げた。

「伝さん。えらいことだ」

四賀課長は、悲鳴に似た声を出した。

豊科署が爆破でもされたのか。

「八ヶ岳へ逃げ込んだ犯人と思われる男から、町役場に電話が入った」

「豊科町役場ですか？」

「そうだ。……宿直を起こして、米と味噌、それからタバコを用意しろといったそうだよ」

「諏訪市役所に要求した目録には、タバコは入っていませんでした」

「浅井は吸うのかね？」

「吸います」

「拳銃男も吸うんだろうな？」

「そうでしょうね。……豊科町役場に要求してきたとは、どういうことでしょうか？」

「伝さんと伏見が、豊科署員だということが分かっていたからじゃないのか」

「われわれに対する挑戦ですね」

「あの男は、『諏訪署は外国米を混ぜてよこした、今度は、コシヒカリかササニシキにしろ』といったそうだ」

「ふざけていますね」

「まったくだ」

「課長。おかしいですよ」

「なにが？」

「彼らは携帯電話を持っていますが、この八ヶ岳山麓、いや山麓でなく尾根や山頂でも、電話は使えないはずです。電波の飛ぶエリアに入っていないんです」

「それが通じた……」

「どこかへ移動した可能性がありますね」

「そうか。伝さん。ひょっとしたら、こっちのほうへきているんじゃないのか？」

「そうですよ、きっと。米とタバコをどこへ届けろっていったんですか？」

「それはいわなかったそうだ。三十分後にまた掛けるといって、切ってしまったというんだ」

豊科町役場への電話は、午前六時二十分。二回目の電話は六時五十分に入ることになる。

もう十二、三分で犯人からの二回目の連絡が入ることになるが、はたして町役場へ掛けてくるかどうかは疑問である。諏訪市の場合、警察が完全に振り回された。

熊谷の自宅に電話を入れた。彼はまだ寝ていたようだ。きのうの山中捜索で疲れたに違いない。

道原は、四賀課長からの連絡の内容を伝え、牛山、宮坂とともに豊科署へ帰るといった。

「ご苦労さまです。道原さん、気をつけてください。犯人はなにをしでかすか分かりませんからね」

熊谷はいった。

牛山と宮坂は、交番近くの旅館で寝ている。

そこへは伏見が電話を入れた。

眼醒《めざ》めきっていない牛山と宮坂をリアシートに乗せて、伏見は中央自動車道と長野自動車道を使って、豊科署に到着した。

豊科署は、新築されて間がなく、その三階建ての建物は警察署とは思えないくらい立派だ。建て替えられる前の建物とは雲泥の差である。

マスコミを警戒したが、それらしい車は見当たらなかった。

なにしろ道原と伏見は、連行中の殺人容疑者の手錠を解いたのである。二人の刑事が帰署したところを撮影しようと、待ち構えているカメラマンがいてもおかしくはなかった。

四賀課長は出勤していた。

「伝さん。頬がコケたな」

課長はまずそれをいった。

「その後、電話は入りましたか?」

「二回目の電話は、六時五十五分に役場へあった。宿直係は、米とタバコならいつでも用意できるが、それをどこへ届けたらいいのかときいた。そうしたら、あとでその場所を連絡するといったが、まだ掛かってこないんだな、役場から連絡がないから」

現在、午前七時三十五分だ。

拳銃男を含む四人は、移動中なのではないか。

携帯電話が使えるエリア内でも、たとえばビルの陰や屋内、または森林の中などだと電波が遮断されて交信できない。

彼らは、物資を届けさせても、それをうまく手に入れなくてはならない。それに適した場所を見つけて動いているのではないのか。

道原は町役場の宿直係に電話した。

「今度掛かってきたら、警察に掛けてくれといってください。米やタバコのほかに渡さなくてはならない物があると伝えてください」

そういって切ったところへ、電話が鳴った。

「おれは、諏訪の警察から、テントから寝袋などの一切を提供された者だ」

男はいった。

「浅井弘行と一緒に逃げ回っている男か？」

道原が応じた。

「そのとおりだ」

「女性二人の健康状態は、どうかね？」

「女のからだを心配して、おれたち男のことはどうだっていいのか。警察にとっては二人とも重要な人間だと思うけどな」

よくもぬけぬけと警察に電話ができたものだ。

「二人は犯罪者だ。うまい米を食う資格もない。二人の女性はその犠牲になった。家族は、夜も眠れないくらい心配している。うまい物や栄養のある物を優先的に食べさせてやってもらいたい」

「それなら、そういう物を提供しろ。諏訪の警察はなんだ。ビールのつまみみたいな物ばかり入れてよこした」

「贅沢なことをいうな。このさいどうだ、タバコをやめたら」

「大きなお世話だ」

「それじゃ、米やタバコは自分で買うんだな。車があるんだから、どこへでも行けるじゃないか」

「鼻息の荒いお巡りだけど、名前はなんていうんだ？」

「そっちから名乗るのが筋じゃないのか。いろいろな物の提供を受けたんだから」

「おれが誰か分からなくて、困っているらしいな」

男は、ふふっ、と笑った。

「ひとつだけ教えてくれ。水玉模様のワンピースの女性は、菅井栄子さんか？」

「……違う。その人がどうかしたのか？」

男は、いったんいいよどんだ。道原のいったことが図星《ずぼし》だったようだ。

「松沢房子さんには、渡さなきゃならん物がある。どうしても必要なら米もタバコも届ける。どこへ運べばいいんだ？」

「彼女に渡す物はなんだ？」

「薬だ。彼女は毎日飲む必要がある」

「どこも悪くないといっているが……」

「隠しているだけだ」

「よくきいてみよう。そのうえで物を届ける場所を指定する」

「連絡場所を諏訪市から、なぜ豊科町に変更した？」

「いずれ分かる」

電話は切れた。

「なんという厚かましい男なんだ。捕まえたら、頭の五つも殴ってやりたい」

四賀課長は拳をにぎった。

「諏訪署の人も同じことをいっていますよ」

「そうだ、伝さん。奥さんに電話を入れてくれ。東京へ浅井を捕《と》りに行ってから一度も掛けていないそうじゃないか。今度は特別だ。さ、早く」

四賀課長は電話機を軽く叩いた。

課長は、伏見にも自宅へ電話を入れて、両親に元気な声をきかせてやれといった。

道原は、刑事課を出て行った。

一階の受付近くに公衆電話がある。それに十円硬貨を入れた。

待っていたように妻の康代《やすよ》が受話器を上げた。

「ご苦労さまです」

彼女はいつもと同じだった。今はどこにいるのかときいた。

「会社だ。さっき伏見君と一緒に戻ってきた」

家族で署のことを会社と呼んでいる。

「家へは帰ってこられますか？」

「それはできない」

「食事はちゃんと摂っていますか？」

「大丈夫だ」

「じゃ、あとで、着替えを届けます」

「比呂子《ひろこ》には変わりはないか？」

「今年は、夏休みの計画は崩れそうかなっていっています」

「なぜ？」

「さあ……」

道原は受話器を静かに置いた。

一人娘の比呂子は、夏休みの計画を立てていたが、それが崩れそうだといっているという。どんな計画を立てたのかはきいていないが、それが変更になるとは――そうか。父親の今回の事件を知って、ひょっとしたら免職かと憂慮《ゆうりょ》したのではないか。

「おやじさん。電話いいですか？」

伏見が後ろに立っていた。彼も自宅に掛けるのだ。自分の席から掛けてもいいのに、二人とも同僚の前では体裁が悪いのだ。

4

道原は、久しぶりに近くのそば屋から取ったカツ丼を食べた。

隣で伏見は、カツ丼にざるそばを食べている。

さっき康代が着替えを届けにきた。

四賀課長は彼女に、麦茶の一杯も飲んで行ったらどうかと勧めたが、汚れ物をバッグに詰めた彼女は、全員に腰を折って出て行った。

なにを思いついてか、伏見が彼女を追いかけた。彼はすぐに席に戻ってきた。

道原は伏見の顔を見たが、なにもきかなかった。

カツ丼を食べ終えたところへ電話が鳴った。

女性がかすれたような声で、

「スガイと申しますが」

といった。

「スガイ……。あ、ああ、菅井栄子さんでは？」

「はい。菅井栄子です」

張りのある声に変わった。

「あなたは、やはり……」

「人質にされていました」

「それで、今は？」

「一時間ほど前に、山の中に置いていかれました。道をさがして出てきましたら、ゴルフ場がありました。いま、そこでお世話になっています」

「ゴルフ場というのは、富士見高原ゴルフクラブのことですね？」

「いいえ。松本浅間カントリーというところです」

「松本浅間……」

「浅間温泉の北側で、洞《ほら》というところだそうです」

松本、安曇野地区では比較的新しいゴルフ場だ。道原は行ったことはないが、場所の見当はついた。

菅井栄子は、ゴルフ場で保護されているという。なぜそこへ行くことになったのかを考えるよりも、まず彼女を安全な場所に移さなくてはならなかった。

刑事は二台の乗用車で飛び出した。

四賀課長は松本署に緊急連絡を入れた。たぶんパトカーが駆けつけるだろう。

人質の一人が解放された。犯人側に状況の変化が生じたとしか思えない。

首謀者の男は、けさの電話では、人質を解放するようなことは一言もいっていなかった。

道原が、人質の一人は菅井栄子かときいたところ、男はそれに答えなかった。

四人は八ヶ岳から松本へ移動した。なにがあってそうしたのだろうか。

「おやじさん。栄子の夫の菅井利一は、浅間温泉の別荘に滞在していましたね」

伏見がハンドルをにぎっていった。

「そうだったな」

「犯人は、栄子を解放するについて、できるだけ別荘に近いところまで送ったんじゃないでしょうか？」

「つまり犯人には、多少の仏心があるということか？」

「ええ、まあ」

「甘くみないほうがいいぞ。栄子の健康状態が悪くなったというなら分かるが、さっきの声をきくかぎり異常はなさそうだった」

ゴルフ場は三方を女鳥羽《めとば》川に囲まれて、浅間温泉を見下ろす山の中にあった。

道原は、きのうといいきょうといい、ゴルフ場に縁がある。

クラブハウスの前にはパトカーがとまっていた。松本署の車である。

車を降りた道原が手帳を見せると、制服警官は敬礼した。

フロントにいた事務職員が、刑事を案内した。

菅井栄子は支配人室にいた。

道原と伏見の姿を見ると、立ち上がり、急に緊張が解けたのか、

「刑事さん」

といって、両手を顔に当てた。

彼女にしてみれば、列車の中で手錠を掛けた男を連行中、拳銃男にからまれた刑事がここへ現われるとは想像もしていなかっただろう。

「ご無事でなによりでした」

道原はいった。

栄子は、両手の中で涙声でなにかいった。

栄子の服装は異様である。水玉のワンピースに、レインウエアのズボンをはき、軽登山靴をはいていた。手には汚れたタオルを一枚持っているだけだった。

支配人は五十半ばの白髪の男だった。

「フロントへおいでになり、警察へ電話してくださいといわれました。そこで私が、事情をお伺いしました。大変な目に遭われた方と分かって、私の部屋で休んでいただくことにした次第です」

支配人の話によると、栄子はたいそう喉が乾いているようだった。そこで水とオレンジジュースを与えた。食事はどうかというと、食べたいというので、レストランか

ら、お粥《かゆ》の定食を運ばせた。よほど空腹だったとみえ、あっという間に食べ終えたという。

「ご主人のいる別荘へ電話しましたか？」

道原が栄子にきいた。

「留守のようでした」

彼女は寂しげな声でいった。

「東京のご自宅へは？」

「それも出ません」

彼女の靴とズボンの裾は泥で汚れていた。

「きのう、八ヶ岳山麓の私たちがいるところへ、ご主人がお見えになりました。京都にいるお嬢さんは、きのう東京のご自宅へ帰られるということでした」

「そうですか。では、いまごろは東京から松本へ向かっているのでしょうか」

彼女は、汚れたタオルをにぎっている。拳銃男に人質にされた恐怖からまだ醒めていないようである。

「少しは、落ち着きましたか？」

道原がきいた。

「はい。刑事さんにお会いできて、ほっとしました」

泣いたせいか、彼女の眼は赤かった。シャワーでも浴びたら、生気を取り戻すのではないかと思われた。

女性職員がやってきて、コーヒーはどうかと栄子にきいた。

「ありがとうございます。いただきます」

栄子は膝に両手をそろえて頭を下げた。

コーヒーは刑事の分まで運ばれてきた。

栄子は、上品な手つきで白いカップに砂糖を注いだ。

道原は、支配人の執務机の上の電話を借りた。菅井利一が滞在しているはずの別荘へ掛けた。が、誰も出なかった。

道原は、きのうの菅井の顔や手の色を思い出した。

妻が人質になっているというのに、まさかゴルフはやっていないだろう。

「菅井さんは、こちらのメンバーですか？」

道原は栄子にきいた。

彼女は、べつのゴルフ場の名を答えた。そのコースは豊科町にある。

伏見に眼配せした。栄子が口にしたゴルフ場で、菅井利一がプレーしているかどうかを問い合わせろといったのだ。

道原は、東京の栄子の自宅へも電話した。やはり誰も出なかった。

「お疲れでしょうが、少しお話を伺いたい。一緒に豊科署へ行ってくれませんか」

栄子はうなずいた。

ソファを立ってから、ようやく自分の服装に気づいたらしく、彼女は胸に手をやったり、ズボンのベルト付近をさわったりした。鶯色の絨毯の上に泥に汚れた山靴はふさわしくなかった。

公衆電話を掛けてきた伏見は、首を横に振った。菅井はプレーしていないという。

5

署に着くと、四賀課長も栄子をねぎらった。

防犯課の降旗節子《ふるはたせつこ》刑事がきて、

「いますぐに必要な物がありましたら、わたしにいいつけてくださいね」

といった。

栄子は椅子を立って、彼女に頭を下げた。

道原が、テーブルをへだてて栄子の正面にまわった。彼の両側の椅子に四賀課長と伏見が腰掛けた。壁ぎわには節子がいる。

栄子は、わずかに眉を動かした。あらためて緊張したようだった。

「順序立てて伺いますが、拳銃を持ったあの男を前から知っていましたか?」

道原は、栄子の顔に注目して質問を始めた。

「いいえ。知らない人でした」

「最初に男と会ったのは、七月十八日ですか?」

「はい。午後一時ごろでした」

「どこで?」

「東京の自宅です。買い物に行こうと玄関を出たところ、あの人が立っていて、『菅井栄子さんですか』とききました。わたしが返事すると、家の中で話をしたいというものですから、『どなたですか』とききましたら、急に態度を変えて、家へ入るようにといいました」

——栄子は後退《あとずさ》りし、人を呼ぼうとした。すると男は、

「これが見えないか」

と、上着の裾《すそ》をめくった。そこには黒い銃口がのぞいていた。

屋内に入ると男は、玄関の上がり口に腰掛け、

「菅井利一さんはどこにいますか?」

ときいた。

栄子は震えながら、松本市の別荘にいると答えた。

「そこへ案内してもらうから、すぐに外出の支度をしてください」

男は穏やかにいった。

「主人のお知り合いですか？」

彼女は、怖る怖るきいた。

「おれのことはきかないでくれ。早く支度をしてください」

栄子はいわれるとおりにし、水玉模様のワンピースに着替えた。

男は、持ち物はハンドバッグ一つにしろといった。

彼女は財布の中を確かめた。八万円あまりあった。もし男が金が要るといったら、カードで引き出すつもりだった。

タクシーで新宿駅へ行った。二人分の乗車券と指定券は男が買った。

十五時発「あずさ61号」の七号車だった。ほぼ満席だった。

栄子は窓際にすわらされた。男は手になにも持っていなかった。列車に乗る直前に、サングラスを掛けた。

「三時間ばかりだから、飲み食いは我慢してください」

男は通路側の座席でいった。彼は彼女のほうへからだを寄せていた。

栄子は恐ろしくて、男が何者であるかを観察することができなかった。

一時間半で甲府に着いた。車内で何事かが起きて、そのほうへ男の気が逸《そ》れないものかと思った。

この男を別荘へ案内すると、彼女は夫とともに銃殺されるのではないかという恐怖心が湧き上がり、からだが震え出した。

「落ち着きなさい」

男は、栄子の横顔を見ていった。

その声で、男がなお怖くなった。夫に恨みのある男に違いない。拳銃を持って殺しにきたことは間違いない。

彼女は歯の根が合わなくなり、つい声を洩《も》らした。

前の席の人が顔を振り向けた。

男は彼女の脇腹を冷たい物で突いた。骨に当たって痛かった。拳銃の先端が脇腹にぴたりと当たっているのが分かった。ハンカチで口を押さえ、声をこらえた。

通路をへだてた座席の男女が、ちらちらとこちらを見るようになった。その男は五十歳ぐらいで太っていた。新宿を発車する前から缶ビールを飲んでいた。一緒にいる女性は三十歳見当で、胸の広く開いたピンク色のブラウスを着ていた。

拳銃を持った男は、ズボンからハンカチを出し、銃身を包んだ。

栄子は、いよいよ撃たれるのかと思った。我慢していた声が口を衝《つ》いて出てしまった。

「いや。やめて」

といった。

五十男が赤い顔でいった。

「なにしてんだ」

前の席の男が身を反《そ》らせて、栄子たちのほうをのぞいた。

「うるさい。こっちを向くな」

拳銃男は、周囲の乗客をにらみつけた。

肥えた男と一緒にいた女性が、「きゃっ」と悲鳴をあげた。拳銃に気づいたらしかった。男のほうは持っていた缶ビールを膝にこぼした。

「静かにしろ」

拳銃がそっちへ向いた。

肥えた男は、泳ぐような恰好をして車両の後ろへ逃げようとしたが、「とまれ」といわれ、通路にしゃがみ込んだ。

男は栄子に銃口を突きつけたまま、座席を移るといった。最後尾へ行くという。

彼は最後尾の座席にすわっていた乗客を立たせた。前部の空いている席へ移るようにといったのだった。

それから一、二分後だったか、またも驚くべきことが起こった。

通路をへだてた座席の三人の男の中から、「刑事さん」という声がきこえたことだった。

若い声が、また、「刑事さん」と呼んだ。が、栄子はその声のほうへ顔を振り向けることができなかった。

そのうちに、

「あの女の人を、助けてあげてください」

という若い男の声がはっきりきこえた。

周りがざわついた。「刑事がいる」という声もきこえた。

栄子は恐《こ》わごわ、若い男の声がしたほうへ眼を向けた。なんと、黒い帽子をかぶった男は、横の男と手錠でつながれていた。

刑事と犯人だ。栄子はそう思ったが、これはただごとではすまなくなりそうな予感が走った。

乗客の何人かに拳銃を見られた。その銃口は栄子の脇腹に突きつけられている。それを見た若い男が、刑事に、「助けてあげて……」といった。そういったのは、たぶん手錠を掛けられている黒い帽子の人に違いなかった。

栄子は顔を伏せ、刑事の出方によっては、この車両の中で銃撃戦が起こるだろうと感じていた。

拳銃男と刑事との小ぜり合いがあって、列車は小淵沢に着いた。その間の長さといったら、栄子はいくつか年を取った気がした。

男はこの駅で降りるといった。刑事と手錠でつながれている人にも降りろといった。ホームに降りて栄子はなんとなくほっとした。予想していた車内での銃撃戦に巻き込まれないですんだからだった。

車掌も列車から降ろされた。が、その車掌はホームを駆けた。

男の手で銃が鳴った。栄子は立っていられなかった。誰かが撃たれたのかどうかも分からなかった。

この世のものと思えない出来事はそれで終わりではなかった。

男は拳銃を刑事に向け、手錠を掛けられている若い男を逃がしてやれといい始めた。人間の恰好をした悪魔がやってきたとしか思えなかった。

栄子は、眼も耳もふさぎたかった。

カチッと小さな音がした。刑事の決断の音と栄子はきいた。刑事の手から手錠が放れて、若い男の細い手首にぶら下がった。

「走れ」

男はいうと、栄子の腕をにぎった。

ホームを駆けた。彼女は男に引きずられていた。

ホームを駆けているのは、栄子と男だけではなかった。車内で刑事に何度も、「浅井」と呼ばれていた男も一緒だった。一人は拳銃を持ち、一人は片手に手錠をぶら下げている。そういう二人と駅を走っている自分の素姓を、大勢の乗降客と駅員はどう見ているだろうか。

改札口を突っ切り、人を蹴散らすようにして待合室を抜けた。

駅前に出ると、青いワゴン車が、まるで三人を迎えにきたように近づいてきた。眼の前でとまった車からはジーパンをはいた女性が降りた。

男は拳銃でその女性の腕を軽く叩いた。

三人を車に乗せろというのだった。

彼女の顔は蒼くなった。

運転台に乗った彼女は、駅前を何度か振り返った。誰かを迎えにきたのだということが、その眼つきで分かった。

車は線路を越えた。

「山のほうへ向かって走れ」

男の声は殺気立っていた。

浅井と呼ばれた男は、手首が痛むらしく、手錠をさかんにいじった。金属のいやな音がした。

どのくらい走ってからか、

「ガソリンがありません」

運転している女性がいった。はっきりした声だった。

「近くで満タンにしてくれ。妙なことをいったり、騒いだりしたら、これだぞ」

男は、拳銃を女性の首筋に当てた。

女性はうなずいたが、トイレに行きたいといった。

車も通らないし人影もない道だった。

「逃げる気だな？」

男はいった。

「ほんとうです。一緒についてきてください」

女性は道の端に車を寄せた。

男は助手席で彼女を監視した。彼女は木陰にしゃがんだ。男はタバコに火をつけて
栄子と浅井のほうを向いていた。

ガソリンスタンドで給油した。料金は女性が支払った。

森林の中の道に入った。道はくねくねと曲がっていた。

男は車を停止させた。車内を点検した。

「電話はないんだな？」

「ありません」

ハンドルをにぎったまま女性は答えた。

「あんたは、この辺の人かい？」

「小淵沢で民宿をやっています」

女性は、松沢房子だと名乗った。

「この人は菅井さん。可哀相に手錠を掛けられているのは浅井君。おれが名無しじゃしようがないな」

彼は車窓から外を眺め、一、二分して、

「青木《あおき》だ。そう呼んでくれ」

といった。

栄子は、偽名に違いないと思った。

青木は、この辺りをよく知っているかと、松沢房子にきいた。

だいたいの見当はつくと、彼女は答えた。

房子は蒼い顔をしているが、比較的落ち着いていた。

栄子から怯えは去らないが、元気のないのは浅井だった。彼は壊れた鈴を首にぶら下げた小羊のように、気弱そうな眼で三人の表情を窺っていた。

「今夜はこの車の中で寝る。どこかで食料を買ってきて、この辺へ戻ることにしよう。

買い物ができるところへ連れて行ってくれ。それから、逃げたり、おれのことを知らせるようなことをしたら、この中の誰かが死ぬか、近くにいた人間を撃つ。それだけは忘れないでくれ」

青木は低い声でいった。

房子の運転で富士見駅の近くへ行った。栄子が二軒の店で食料と飲料水を買った。三〇〇メートルほど走って、寝具店で毛布を二枚買った。怪訝そうな顔をした人は一人もいなかった。

ふたたび山に入って、森林の中に車を突っ込んで食事をし、一枚の毛布を二人で使うことにして眼を閉じた。

青木は、思いついたというように、三人の靴のサイズをきいた。三人が答えると、それをメモした。

栄子は少しも眠れなかった。車窓から星を仰いでいた。皮肉なことだが、これほど星が大きく見えたことはなかった。

朝方まで寝息をきかせていたのは浅井だった。青木も眠れないらしく、暗い中で動くのが見えた。

6

明るくなると、青木は小さな紙になにか書いていた。

六時、ラジオのニュースをきいた。

「JR中央線小淵沢駅で、拳銃を持った男が女性を人質にして……」

と、男のアナウンサーは報じた。浅井が女性殺人の容疑で豊科署へ連行される途中だったことも、そのニュースで知った。

「殺人容疑」ときいたときには、房子は浅井のほうへ首を伸ばした。銃を持った青木よりも、怖いのは浅井のほうだといいたげだった。

青木は、ダッシュボードから地図をさがし出した。

「近くにいいところがある」

彼はいうとハンドルをにぎり、後ろからゴルフ場へ行く道順を教えろと房子にいった。

そこは富士見高原ゴルフコースだった。

ゴルフ場の駐車場へ入る前に、青木はワゴン車のボディーに泥を塗った。「民宿早乙女荘」の文字と電話番号を見えにくくしたのだった。

「ゆうべおれがいったことは覚えているな」

駐車場で青木はそういって、車を降りた。

彼は、上着を脱ぎ、皺を伸ばすようにパタパタと叩いた。

なにをするのか、クラブハウスへ入って行った。
五、六分で車に戻った。
「諏訪市役所は、あわてふためくだろう。警察と一緒にな」

彼はタバコを買ってきたらしく、封を切り、浅井にすすめた。

ゴルフ場の駐車場には次々に車が入ってきて、たちまちのうちにワゴン車は埋没してしまった。

そこに一時間あまりいて、その間、青木は三、四回クラブハウスへ行った。

どうやら電話を掛けているらしかった。

「この中で、登山をしたことのある者はいるか?」

「おれは、高校のときから山をやっているよ」

浅井だ。

「そうか。偶然だな」

「なにがですか?」

「いや、いいんだ。菅井さんは?」

「わたしはハイキングぐらいしか……」

「松沢さんは?」

「主人とは山で知り合いました」

「そうだったのか。これは、偶然だ」

なにが偶然なのか、青木ははしゃぐように笑った。

この男はなにを考え、これからなにをしようとしているのか、栄子にはさっぱり分からなかった。

車で山に戻った。

青木は、地図を見ては房子に地形や道を尋ねていた。

ふたたびゴルフ場の駐車場へ入った。青木は上着を持ってシャツ姿になり、車を縫うようにしてクラブハウスに消えた。ゴルフ場の駐車場を見回りにくる人がいないことに栄子は気づいた。青木はこの盲点を知っていたのだろうか。

彼は十七、八分で車へ駆けて戻ると、やってきた道をフルスピードで登った。まるでアクション映画の俳優を真似ているようだった。

林道を登り、森林の中に車を突っ込んだ。彼は車の運転には自信があるらしかった。

青木の指示で四人は林の中を東に向かった。

「間もなく登山装備とともに、食料や燃料が届く。運搬してくる者は二人だ。その二人が下って行ったら、ただちにザックに詰めて、林の中へ戻ってくれ」

「登山装備ってなんですか？」

房子がきいた。

「どこでも歩けるし、キャンプもできる装備ということだ。考えたものだろ？」

青木は、房子を見て、薄く笑った。

登山者が二人登って行ったあと、青木がいったとおり、体格のすぐれた二人の男が、
大型ザックを背負ってくるのが見えた。

「やつらは、この下の登山道へ荷物を置く。音を立てるなよ」

青木は、苔の生えた岩の横に腹這った。

荷物を運んできた二人は、それを積み上げた。

「持ってきた物を全部広げろ」

青木は林の中から突然大声でいった。

二人は、青木のいうとおりにした。荷物の中には大きな枕のような物もあった。

「二人は、警官か？」

またも青木は声を掛けた。

「そうだ」

下から太い声が昇ってきた。

青木は二人の警察官に裸になれと命じた。銃を隠し持っていないかを警戒したらしかった。

警官の一人は、

「三人とも身元が分かっている」

といった。栄子は、どこで自分のことが分かったのかと、きいてみたいくらいだった。

四人のうち、誰なのかが分かっていないのは、拳銃を持った男のようだった。彼はきのう栄子の自宅へ入り込むと、夫の利一がいるところへ連れて行けといった。夫とは面識があるようだ。青木は、夫に恨みを抱いているのに違いない。やがて夫はこの男に撃ち殺されるに決まっている。

栄子がここで、登山道にいる二人の警官に助けを求めて飛び出したら、青木は撃つだろう。警官は武器を持っていない。青木は、浅井と房子を道連れにして逃げてしまう。

栄子は、じっとしていることにした。

青木は警官に、「電話は通じるか」ときいた。携帯電話まで運ばせたようだ。悪知恵の回る男である。

二人の警官は、背中を空にして下って行った。

青木の指示が飛んだ。四人は一段下の登山道へ下りた。

栄子は、房子が貸してくれた黒いゴム長靴をはいていた。洗車するときに使う物らしかった。

道に広がっている物を、ひとつ残らず緑色のザックに詰めた。

栄子は、空腹よりも喉の渇きに耐えられない思いでいた。四人とも同じのはずだった。

水のボトルがあった。浅井が手錠の掛かった手で栓を開け、それを栄子にくれた。何年ぶりかでうまい水を飲んだ気がした。

房子もうまそうにボトルを口に傾けた。

青木は、重そうな物を自分が背負うザックに収めた。誰の眼からも栄子のが最も軽そうだった。

林の中に入ってから、青木は、山靴にはき替えろといった。

栄子のが一番小さかった。綿の靴下をはくと、軽登山靴はぴったり足に合った。ゴム長よりもはるかに歩きやすいし、なにを踏んでも怪我をしそうになかった。青木が、どこでも歩けるといったのはこのことだったのか。

四人はワゴン車に帰着した。

青木はハンドルをにぎった。三人に窓から頭が見えないようにしろといった。

車が右に左に曲がっているのが、揺れで分かった。

シートを倒して、栄子は眼をつむった。青木の悪知恵をまたひとつ知った。

彼は、富士見高原のゴルフ場から諏訪市役所へ電話し、テントや登山装備を要求した。これは警察に連絡された。警察ではその要求に応えることにした。でないと人質の生命に危険がおよぶ怖れがあるからだ。

警察では、犯人と人質の四人は、八ヶ岳へ登って、山中を逃亡するものと判断しただろう。

青木は、登山装備を要求することによって、警察をだましたのだ。

山中に眼を向けている警察をよそに、青木は高原を車窓に映して走り、里に出、川を渡り、田園のどまん中を走り抜けて、ふたたび森林に入った。

途中、眼に入った道路標識から判断して、松本市に近い塩尻《しおじり》市ではないかと思われた。

その夜も四人は、車の中でシートを倒して眠った。わりに厚いウエアがあり、寒かったら寝袋の中にもぐってもよかった。

ここへ移る途中、青木はブルーのスプレー塗料を買った。それで車のボディの文字を消した。

次の日は、安曇野を走った。車窓から北アルプスの山脈が眺められた。

青木は、ときどきラジオをかけた。彼が気にかけていることがひとつあった。それは、小淵沢で特急列車を降り、駅前でこのワゴン車を乗っ取ったのだが、途中でガソリンを入れた。そのことが当日のうちに警察につかまれていたことだった。ガソリンスタンドの従業員にはまだ、事件のニュースは伝わっていない時間なのにそれが知れた。

「松沢さんは、あのスタンドで給油したことはないっていっていたよね?」

青木は房子に、同じことを何度もきいた。

栄子は、房子がなにかの方法でガソリンスタンドの従業員に危険を知らせたに違いないと読んでいた。

誰かに危険を知らせるのはいいが、それを青木に気づかれたら、この世の終わりである。

三日目の夜は、神社の森の中で過ごすことになった。

青木は、二人の女性の監視を浅井に命じたようだった。

青木は、「痛いだろ」といっては、日に二、三回、浅井の右手に傷薬をつけた。手錠で皮膚がすれて血がにじんでいるのだった。

「アメリカ映画だと、手錠の鍵のところを拳銃で撃って、壊すんだがな」

そんなことをいっては、浅井の顔をまじまじと見つめるのだった。

栄子は、青木の正体を見抜くことができなかった。ただ、ヤクザでないことははっきりしていた。ときどき彼は、丁寧な言葉遣いをした。それが地なのか、ふてくされているようなところが生地《きじ》なのかも、よく分からなかった。

それと彼は、車を奪って逃走を始めてからというものは、菅井利一のことを一切口にしなかった。

栄子を拳銃で脅して、利一が滞在している浅間温泉の別荘へ連れて行けといったのを、まるで忘れてしまったようにも受け取れるのだった。

四日目の早朝、神社の森を出たワゴン車は、三十分ほどして川沿いの道路を走った。この両側の風景に栄子は見覚えがあった。やがて国道二五四号であることを標識で知った。川は女鳥羽川で右手に見える建物群は、浅間温泉だった。

青木は川沿いで車を降りると、携帯電話を使った。

三十分ばかりして、また電話を掛けた。今度はなにを計画しているのか、車の中の栄子らには見当もつかなかった。

午後零時ごろだった。

「まず菅井さんを解放します」

青木はいった。

浅井と房子は顔を見合わせた。が、青木はなにもいわなかった。

「ここは、いったいどこですか？」

栄子は青木にきいた。

鬱蒼《うっそう》たる森林だった。どっちを向いても同じような地形で、蟬《せみ》がさかんに鳴いていた。

「道路があるんだから、車も通るだろうし、里も近いはずです」

足下で沢音がしていた。山地に連れ込まれたことは間違いなかった。まさか解放されるとは思ってもいなかったから、何時間も車窓の外の風景に注意を払っていなかった。

栄子は山靴をはいた。着たきりの水玉模様のワンピースの上にレインウエアのズボンをはいた。

青木が、白いハンドバッグを渡してくれた。

「気をつけてね」

房子がいった。

「右のほうから人の声がきこえます。そこへ向かって行けば、なにかありますよ」

浅井はそういって、左手を振った。彼の眼は寂しげで気弱そうだった。いずれ近いうちに、ふたたび手錠を掛けられる身かと思うと、哀れだった。

青木は車を降りて見送った。

沢にかかった小さな橋を渡った。ワゴン車が発車した音がかすかにきこえた。

栄子は、浅井の言葉を信じた。道が岐《わか》れていると、右のほうをたどることにした。はたして、浅井がいったとおり人声がきこえ始めた。樹間から緑のゴルフコースが見下ろせた。そこに三、四人の人影があった。プレーヤーだった。

栄子は、これで助かったと思った。が、青木がなぜ自分だけ解放したのか不思議でしかたなかった。

房子も浅井も、きょう中に解放されるのだろうか。房子は人に会ったら助けを求められるが、手錠をぶら下げたままの浅井は、自分の身なりをなんといって人に説明するのか。

第五章　暗　夜

1

栄子に事情をきいたあと、彼女を浅間温泉の別荘へ送ることにした。

その前に別荘へ電話を掛けた。若い女性が応えた。栄子の一人娘の葉子《ようこ》だった。

葉子は京都の大学へ行っている。一昨日、父親の利一から住まいで電話を受け、JR中央線に乗っていた拳銃男の人質になっているのは栄子ではないかと思うといわれた。

葉子はきのう東京へ帰った。自宅に一人きりでいると、母親と同じ目に遭う危険性があると利一にいわれ、けさ東京を発って、浅間温泉の別荘へやってきた。

別荘で娘の到着を待っているはずの父親はいなかったと、彼女は刑事の電話に答えた。

菅井家の別荘は、旅館街から少しはずれたところにあった。しゃれた造りの平屋だった。

玄関へ葉子が出てきた。彼女は母親の姿を見ると大粒の涙をこぼした。栄子も娘の肩を抱いて泣いた。

屋内は片づいていた。利一は普段着のまま外出したようだった。

母娘はここにいるのはなんだか気味が悪いといった。松本署にこの家を終始警戒してもらうことは可能だが、栄子はホテルに移るといった。

彼女は二、三軒のホテルに電話して、部屋を取った。

道原らはそのホテルへ、母娘を送った。車で五分ほどのところである。斜め前が松本署の幹部交番だった。

午後五時十分。豊科町の農協へ拳銃男の青木から電話が入った。

「けさ、町役場へ米とタバコを注文した者だ」

といった。

帰宅しようとしていた農協の職員は狐につままれたような顔をし、「こちらは農協ですよ」といった。

「分かっている。米やタバコと一緒に、サイズが二六センチの登山靴を用意してくれないか」

「役場へそういえば分かるんですか？」

「どうせ役場では警察へ連絡しているだろうから、警察でもいい。道原という四十五、六の刑事がいる」

「道原さんなら、よく知っています」

農協職員はいった。

「その道原さんは、けさはえらく力んでいた」

「直接話したんですか？」

「ああ。会ったこともある。けさ、本人は名をいわなかったけど、あれは道原だ。その道原刑事にいまおれのいったことを伝えてくれ。もの分かりのいい男だ」

「米とタバコと登山靴を用意して、どうするんですか？」

「蝶《ちょう》ヶ岳新道の取りつきに、三股《みつまた》というところがあるが、知っているかい？」

「それは豊科町ですか？」

「豊科町か堀金《ほりがね》村か知らないが、警察なら分かる」

「そうですか」

「そこへ、きょう中に届けるようにいっておいてくれ」

「なぜ、道原さんに直接いわないんですか？」

「それも道原刑事にきけ。丁寧に教えてくれるはずだ」

農協の職員は、すぐに豊科署へ連絡した。

「今度は農協か」

電話で知らされた道原は歯ぎしりした。

「伝さん。二六センチの山靴を届けろというのは、どういうことだろうね？」

四賀課長は首をひねった。

「やつは、菅井利一を別荘から拉致《らち》したんじゃないでしょうか？」

「そうか。それで菅井はいなかったのか。青木はいったいなにを考えているんだろうな」

道原は、菅井栄子と葉子が避難している浅間温泉のホテルへ電話した。母娘して温泉にでも浸っているのではないかと思ったが、すぐに葉子が応じた。

「お父さんの靴のサイズを知っていますか？」

葉子は栄子に受話器を渡した。

「二六センチだと思いますが……」

「やっぱり」

「主人になにかあったのでしょうか？」

栄子は急《せ》き込むようにきいた。

「今度はご主人が連れて行かれたようです」

「えっ。あの、青木という人にですか？」

二六センチの登山靴を用意しろといってきたことを伝えると、彼女はあらたな恐怖に怯え始めたようだった。

青木は、東京の自宅から栄子を連れ出すさい、利一の滞在先へ案内しろといった。どうやら彼の目的は利一と会うことだったらしい。

拳銃まで用意したということは、ひょっとしたら利一を殺害するのが最終目的ではないのか。

青木はけさ、利一が別荘にいるのを確かめたのではなかろうか。彼には利一を拉致できる自信があった。だから栄子を解放したのであろう。青木にとって栄子はもう用ずみの人間だったのだ。

道原は、青木が持っている携帯電話に掛けた。が、通じなかった。呼び出し音が鳴っても、彼は応答しないつもりなのではないか。

青木を、菅井利一を恨んでいる人間とみて、警視庁に菅井の背後関係の捜査を依頼した。

彼は大企業の中日本精工・生産管理部副部長だ。仕事上のトラブルか、個人的な怨恨か、背景を洗えば、怪しい男が浮かんできそうな気がするのだ。

一昨日、諏訪署が犯人の要求に応えて山具を注文した松本市内のスポーツ用品店へ、二六センチの軽登山靴を頼んだ。

その直後だった。町役場から電話が入った。

「緑色か紺色のLサイズのアウターウエアとレインウエアを、山靴と一緒に届けるようにといってきました」

「その電話は、よくきこえましたか？」

道原がきいた。

「何度か声が遠くなりました」

青木らは、森林帯か山の近くにでもひそんでいるのではないか。

夕方の六時半、スポーツ用品店が注文の品を持ってきた。山靴とウエアである。

それに、国産米とタバコを添えた。

「そうだ。松沢房子さんにこれを届けてやらなくては」

道原は、彼女の夫からあずかった薬と梅干を袋に入れた。

青木が、物資を届けろと指定した三股までは車が入る。彼はそれを知っているに違いない。

「三股へは一本道です。ですからほかの道を使って行って、やつらをはさみ撃ちすることもできませんね」

伏見が地図をにらんでいった。

「するとやつらも袋小路の突き当たりにワゴン車を置いているのかな?」

道原も地図をのぞいた。

「ワゴン車を見つけたら、どうしますか?」

「車を奪ってしまいたいが、人質を取られているかぎり、下手なことはできないからな」

青木は房子に電話を掛けさせているだろうか。

道原は民宿の松沢忠作に掛けた。

「これからあずかっていた物を届けに行きます」

「家内から昼間、電話がありました」

「元気そうでしたか?」

「まあ、元気だといっていました」

「菅井栄子さんは午前中に解放されました」

「そうですか。じゃ、房子も帰されるでしょうか?」

「栄子さんの代わりに、ご主人が連れ去られたようです」

「えっ。今度はご主人が……」

「奥さんは、現在いる場所をいいましたか?」

「ききましたが、いいません」

「これからあらたに要求された物を届けに行きますが、そこは蝶ヶ岳の安曇野側山麓です」

「八ヶ岳から、今度は北アルプスですか。いったい、その男、房子をどこまで連れて行く気なんでしょうか」

松沢は憎しみのこもった声でいった。

「忌《い》まいましいな」

布袋に詰めた山具や米を見て、四賀課長がいう。

ジープとワゴン車の二台で物資を届けに行くことになった。

間もなく日が暮れる。細い一本道を二台の車は山地に向かって行くことになる。

「おやじさん。青木は、これを狙っていたんです、きっと」

伏見はジープを運転している。

「暗くなって届けさせることをか?」

「遠くからでもライトがよく見えます。こちらからはやつらの車や人影は見えない……」

「そうか。夕方、注文を出したのはそのためだったんだな」

「解放された菅井栄子の話だと、一度もテントを張らなかったということでしたね」

「それなのに、米の追加を要求した。今度はテントを使うし、炊事をするつもりかな?」

西側の大滝《おおたき》、蝶、常念《じょうねん》は貼り絵のように黒くなった。藍色に変わり始めた空に、その稜線がくっきりとした波をつくっている。

2

車は須砂渡《すさど》から蝶ヶ岳めざして西に進んだ。

青木が指定した三股までは約八キロである。沢沿いのくねくねと曲がる登りである。東沢と本沢の出合いに営林署の小屋がある。車をとめて、その小屋をのぞいた。が、最近ここを使用したと思われる痕跡はなかった。

あと二キロだ。二台の車はゆっくり進んだ。両側に明かりがないかを注意した。

青木らはワゴン車を山中のどこかに隠しているに違いないが、漆黒《しっこく》の闇の中にそれをさがすことは不可能だった。

彼らは車の中にいるのか、あるいは露営してか、この二キロの範囲の中にいそうな気がする。

じっと息を殺して、警察の車が通り過ぎ、指定場所へ要求した物を置いて帰るのを見ているのではないだろうか。

浅井と松沢房子は、青木とともに四日目の晩を過ごすことになったが、今夜は、栄子に代わってその夫の利一が人質に取られた。

栄子にきいたが、利一には登山経験はない。キャンプぐらいしたことはあるだろうが、それは山岳地ではなかったろうと彼女はいっていた。

道は行きどまりになった。ここが三股だ。左の径を登ると大滝山と蝶ヶ岳の中間地点の稜線に出る蝶ヶ岳新道という登山コースだ。右側の登りは一般的なコースではないが前常念岳を経て、常念岳（二八五七メートル）と常念小屋のある常念乗越《のっこし》に達する。この二つの登山コースの中間は常念沢を抱いた深い谷である。

二台の車から全員が降りた。

袋に入れた物資を岩の上に置いた。

一昨日、編笠山山麓では、青木が荷上げした物を広げさせた。注文したとおりの物が届いたかどうかを確かめたのだ。

そのあと、荷上げした二人の警察官を裸にした。銃を携行していないかと疑ったのだろう。

今夜はどこからも声が掛からなかった。

「おーい、注文どおり、山靴や米やタバコを持ってきたぞ」

牛山が口に両手を添えて大声で叫んだ。

近くにひそんでいればきこえたはずである。

たまに微風がきて、樹葉を揺すった。そのほかには音はまったくしなかった。

松沢房子は、警官の声をきいて、飛び出していきたい衝動をこらえているのではないか。

菅井利一は、別荘で青木に襲われて拉致された。青木から妻の栄子を解放したことをきいたことだろう。

栄子は無傷で帰されたが、利一はそうはいかないだろう。

青木が犯行を計画した動機は、利一を拉致することにあったらしい。浅間温泉の別荘にいる利一を、拳銃によって殺害するつもりだったのではなさそうだ。

青木は、利一を連れ去り、山靴をはかせてどうしようというのか。今度こそ北アルプス山中に連れ込むのか。

道原らは車に戻り、約二十分間反応が表われるのを待った。

しかしそれも無駄で、犯人は声を掛けるわけでもなし、人影も見えなかった。

荷物をここへ運ばせはしたが、彼らはここにはいないのだろうか。

警察がもしここへテントでも張ったら、彼らは現われず、べつの場所へ運べと要求してくるかもしれない。

拳銃を持っている犯人に人質を取られているかぎり、警察は手も足も出せないのだった。

「おやじさん。青木は、ここで要求した物を手に入れたら、また八ヶ岳へ戻るんじゃないでしょうか？」

伏見だ。

「戻る……」

「こっちへきたのは、菅井利一を拉致するためで、彼の連れ出しに成功したわけですから、また編笠山山麓へ戻るということも考えられますよ」

「青木は八ヶ岳でなにかやるために、菅井利一を連れ出したというのかい？」

「そんな気がしたんです」

「いや。青木は初めから松本へくるつもりだった。東京の菅井家で栄子に会ったら利一が別荘にいることが分かったからだ。ところが車内で栄子が怯え始めたり、周りの乗客に騒がれ、そのあげく浅井を連れたおれたちに会ってしまった。青木はしかたなしに小淵沢で列車を降りたんだ。彼は計画の変化を余儀なくされたんだ。初めから利一を北アルプスへ連れ込むつもりだったかどうかは分からない。小淵沢でたまたまワゴン車を乗っ取ることができたんで、移動が容易になった。眠ることもできた。今はこの辺に隠れているだろうが、今度はとんでもないところへ走るかもしれないぞ」

道原は、青木が持っている携帯電話に掛けてみたが、通じなかった。

今夜は好天である。濃紺の空には星が無数に輝いている。

二台の車は引き揚げることにした。

もしこれを、房子と利一が見ていたとしたら、警察の無策に落胆することだろう。

署に戻った。

あす早朝、蝶ヶ岳に向かう登山者に見せかけて、三股付近のようすを見に行くことにした。

これには、青木と浅井に顔を知られていない牛山と宮坂が当たることになった。

二人は署で仮眠し、午前四時に車で出発した。途中で車を置いて、歩いて登るのだ。

牛山も宮坂も登山経験を積んでいるし、山靴をはき、ザックを背負うと、とても警察官には見えなかった。

道原らは、二人を見送った。この朝、青木はどこにも電話を掛けていないらしく、「妙なことをいう男から電話がありました」という連絡も署に入らなかった。

九時になって、道原は浅間温泉のホテルに避難している菅井栄子と葉子の安全を確かめた。

二人の身辺にはなんの異常もなかった。栄子はさかんに夫の身を気にかけていた。

小淵沢の民宿・早乙女荘の松沢にも連絡した。ゆうべ蝶ヶ岳山麓の三股へ、彼からあずかっていた房子の薬と梅干を置いてきたといった。

諏訪署とも連絡を取った。青木はその後、同署管内のどこにも電話を掛けていないようだった。

午後、県警本部から捜査一課課長とともに幹部が三人、豊科署へやってきた。

浅井弘行の右手にはまっている手錠を、解くかどうかを検討することになった。

もしも浅井が首謀者に解放されたり、あるいは逃げ出す機会があっても、手錠が掛かったままであるのを考えると、人目を避けて行動するだろう。自分が犯した罪を認識していれば自殺も考えそうである。手錠がなければ、人目を気にせず電話も掛けられるし、救助を要請することもできる、という意見が出た。

「浅井を何時間か観察していた道原君は、どう思いますか？」

捜査一課長が意見を求めた。

「浅井は、首謀者と一緒に山中に入って行動することが考えられます。このとき右手に手錠があるために自由が利かず、思わぬ事故を誘発する危険性もあります。できたら彼の手から手錠を取り除いてやりたいと思います」

道原のその意見に対して、浅井は殺人の容疑者だ。そういう者を行動しやすいようにするなどもってのほかと主張した人もいたが、手錠を解いたほうが自首しやすいという意見が多かった。

では、どうやって手錠を解くのか。

「首謀者はやがてまた、べつの物資を要求してくるでしょう。そのさい、手錠の鍵をその中へ入れてやったらどうでしょうか」

この道原の案は採用された。

青木らの逃亡生活が長引けばかならず足りない物が生じる。それを待って要求に応じることになった。

四賀課長は、犯人のいいなりになるのは忌まいましいことだといっているが、人質の安全を考えれば、青木の要求に応えているのが良策だった。

蝶ヶ岳登山を偽装して出掛けた牛山と宮坂が、夕方帰ってきた。

二人が三股に到着したのは、午前六時十分だった。が、そのときすでに、昨夜、岩の上に置いた布袋は消えていた。米、タバコ、山靴、ウエアを入れた布袋だ。その中には房子のための薬と梅干が入れてあった。

「やっぱりやつらは、ゆうべ三股の近くにひそんでいたんだろうな」

伏見だ。

「そうだろうな。おれたちがどういう行動に出るかを、あの暗闇でじっと窺っていたと思うな」

牛山と宮坂は、布袋がなくなっているのを確認したあと、彼らが蝶ヶ岳へ登ったことも考えられるとして、登山コースをたどったが、その痕跡は認められなかった。

登りの途中で、二組の蝶からの下山者に出会った。その人たちに男三人に女一人のパーティーに出会わなかったかを尋ねたが、出会った登山者には牛山たちが初めてだといわれた。

牛山らは下山の途につき、三股を中心にして脇道などへ入ってみたが、車両は見当たらなかったし、新しいタイヤ痕を発見することはできなかった。

好天が幾日もつづいていて、道が乾いているからでもあった。

3

山梨県警から連絡が入った。

松沢房子が、きょうの午後五時十五分ごろ、解放されたという報告だった。

それをきいてほっとしたのも束の間で、彼女の身代わりに今度は、早乙女荘の従業員である今井雪代が連れ去られたというのだった。

山梨県警は、解放された房子から事情を詳しくきいた。

――青木はきのうの朝、菅井栄子を山の中で解放した。里は近そうだったから、すぐに誰かに助けを求められるだろうと思った。

それから一時間あまり後、青木は神社の脇にワゴン車をとめた。

車を降りぎわに、浅井と房子をにらみつけた。

「もしも逃げたりしたら、どうなるか分かっているな」

という意味だった。彼がいわなくても二人にはもう分かっていた。

浅井は青木から、人質の監視役をいいつけられているようだった。

房子はスキを見て逃げる気はなかった。逃げればかならずなにかが起こりそうだったからだ。
五、六分で青木は車に戻った。彼は四十代後半の男を連れていた。
その男を車の後部の床にすわらせると、街を抜けた。電柱の町名表示を見て、浅間温泉であることが分かった。

二十分ほど走ったところで停止した。

青木は、四十代後半の男を指差し、菅井栄子の夫で利一だと紹介した。

浅井も房子も軽く頭を下げた。

菅井は、浅井の手首でチャリチャリと鳴る手錠が気になるらしく、浅井が動くと怯える表情をした。

青木は、いつの間にか電話で、菅井に話して、妻を解放するかわりに人質になれという交渉をしたのだろうか。房子には、どうして栄子と入れ替わるようにして夫の利一が人質になったのか分からなかった。

青木は、栄子がいるうちは彼女を「菅井さん」と呼んだ。房子は「松沢さん」で、浅井は「浅井君」だった。

ところが菅井に対しては敬称をはぶいた。

夕方である。青木は豊科町から西に向かって車を走らせ、やがて山道にかかった。常念岳が見えていたが、前山の陰に隠れてしまった。

彼は薄暮の山麓を、沢に沿うようにして進んだ。

房子には、どこをどう走っているのかの見当がつかなかった。

左右の地形から山懐に入る道を進んでいることの判断だけはついた。

脇道へ車を入れた。タイヤは枯れ枝を踏み、生木を折るような音をさせた。かつて車が入ったことのない場所だった。

そこで一時間ほどじっとしていた。

青木が車を降りた。辺りは暗くなっていた。

房子は菅井に、

「奥さんの身代わりになったんですか？」

と、低声できいた。

菅井は首を横に振り、栄子はどうなったのかと逆にきいた。

朝のうちに解放されたのだと房子が話し、栄子が残して行った白い靴を見せると、無事別荘に帰れただろうかと、暗い車窓をのぞいた。

菅井は小さな声で独り言をいった。その彼を観察していると、青木を知っているようだった。

青木が車に戻ってきた。彼は白い布袋をかついでいた。

袋から、山靴、ウエア、米、タバコが出てきた。

透明のポリ袋に、「松沢房子さん」と書いた紙が貼ってあった。

それに入っていたのは、彼女が医院からもらってきた薬と、友人が送ってくれた紀州の梅干だった。

夫が警察に差し入れを頼んだのだろう。

真夜中、青木は夕方やってきた道を引き返した。

彼はまたも警察を欺《あざむ》いたようだ。山靴とウエアを届けさせれば、山へ登るものと思う。ところが青木は里へ車のフロントを向けて走った。

松本を抜け、塩尻、岡谷、下諏訪、諏訪、茅野を経て、ふたたび八ヶ岳山麓に戻った。

これも警察をだます青木の手だということが分かった。

二十二日の昼だった。車の中でご飯を炊いた。湯を沸かし、インスタントの味噌汁をこしらえた。

房子にはまったく食欲がなく、からだがだるくなった。彼女は座席を倒して眠ることにした。

青木と浅井は、代わるがわる房子の顔をのぞいた。

青木は思い立ったというふうに、急に車を出すと、小淵沢方面に向かって走った。

（警察に見つかる……）

房子のほうが気を揉んだ。

間もなく八ヶ岳公園道路にさしかかる地点だった。車窓に寄りかかっていた房子が、道端にとまっている小型車を見て、

「あらっ」

といった。

思わず高い声を出したからか、それが青木の耳に達した。

「なんだい？」

「うちのバイトの子の車だわ」

房子はいった。

「ほんとか？」

「ナンバーは間違いありません」

二、三分するとTシャツ姿の若い女性が車に戻ってきた。やはり今井雪代だった。
雪代はワゴン車に気がつかないらしかった。

青木はクラクションを一回鳴らした。

車に乗りかけた雪代が首を回した。彼女はワゴン車に気がついて、口を開けた。

房子が小さく手を振った。

雪代はなにかいった。どうして房子がそこにいるのか理解できないといっているようだった。

「松沢さん。降りてください」

青木は手招きした。

房子は、薬と梅干の入ったポリ袋を持ってワゴン車を降りた。

雪代が駆け寄ってきた。その腕を青木がつかんで、ワゴン車に乗れといった。

房子が抵抗しようとした。

「あんたは、あの小さな車で帰りなさい」

青木はいうと、房子の肩を突いた。彼女はよろけた。

雪代はワゴン車に押し込まれた。

窓ガラスを叩く雪代が見えたが、房子はどうすることもできなかった——。

房子は、近くの民家に駆け込んで、警察と夫に連絡を取った。

彼女は、長坂署の高浜警部に事情を話したあと、腹痛を訴え、病院に運ばれた。流産の危険性があるということだった。

「伝さん。青木という男は、人を困らせることを面白がってやっているような気がするねえ」

四賀課長は苦々しい顔をした。

「まったくです」

房子の夫の松沢は、またあらたな悩みを抱えたことになる。今度は妻に代わって従業員の今井雪代が人質にされたのだから、大いに責任を感じていることだろう。折角できた子供だったが、妻は流産するかもしれない。極度の緊張感が、房子のからだに変調を与えたようである。

松沢は、まるで青木という男から恨みを晴らされているような気持ちではないだろうか。

警視庁から、菅井利一に関する身辺調査の回答があった。

彼は大学の工学部を出るとすぐに中日本精工に就職した。名古屋工場、神奈川工場を経て四年前に本社勤務になり、二年前に生産管理部副部長に就任した。

同社には菅井が出た大学の先輩が多い。これの引き上げもあって、ここまでは比較的順調だった。

彼が個人的に恨みをかっていて、それが今回の事件の原因ではないかという見方があるが、社内においてはライバル視している同僚は何人かいるだろうが、深い恨みを根に持っている人は見当たらない。

たとえば性格的に極端なクセがあり、それによって本人を嫌っている人がいるのではないかという点についても調べたが、これにも浮上してくる人はいなかった。

では、私生活の面はどうか。

菅井には、東京の私立高校音楽教師の愛人がいることが判明した。彼女は独身で三十二歳。交際が始まって約四年になる。

彼女は七月十六日と十七日、自宅を空けていた。どこにいたのかを追及したところ、浅間温泉の菅井の別荘に彼と一緒にいたことを白状した。

刑事は、彼女に、今回の事件に関して、犯人の心当たりをきいた。

拳銃を握って妻を脅し、夫の居所をきき出し、そこへ案内しろといった。菅井を恨んでいたのだとしたら、これは相当根の深いものである。そこで、菅井と愛人との間のトラブルではないかと追及したが、彼女には思い当たる人物がいないと答えた。

警視庁ではなお菅井に関する背後関係の捜査を続行しているということだった。

4

午後七時過ぎだった。

道原と伏見は、刑事課で並んで丼飯を食べていた。そこへ犯人の青木から電話が入った。

刑事たちは道原の周りに集まった。

「菅井栄子さんも、松沢房子さんも、警察が差し入れてくださった登山靴をはいて行ってしまったので、一足足りなくなりました」

この男はぬけぬけとものをいう。

「菅井利一さんは元気か？」

道原はきいた。

「元気はないが、どこも悪くはなさそうだ。菅井を連れてきていることがよく分かったねえ」

「そのぐらいのことは、中学生でも分かる」

「栄子さんは、無事家に帰りましたか？」

「山の中で解放しておいて無事とはなんだ。彼女は利一さんのことを心配している。

それより、松沢房子さんは入院した」

「どこが悪くなったんですか？」

「拳銃を持った男と何日も一緒にいれば、たいていの人は体調がおかしくなる」

「おかしくならないのが一人いるよ」

「浅井のことか？」

「そう。彼は元気です」

「彼の手には、まだ手錠ははまっているのか？」

「ええ。前のままです」

「今度も、登山靴が要るのか？」

「呑み込みがいいですね」

「サイズは？」

「二三センチです」

今井雪代がはく靴のことだ。

「どこへ届けるんだ？」

「きょう中に間に合いますか？」

「山具店にきいてみないと分からない。三十分後にもう一度電話してくれ」

青木はまた、女性物のウエアを注文した。今までテントは使ってないが、ウエアと靴は各人に支給している。

松本市内のスポーツ用品店に、今まで届けてもらったのと同じ軽登山靴を一足頼んだ。

二三センチの靴はあるということだった。

スポーツ用品店では、これから先、何足も必要になるのではないかという。

電話が鳴った。青木からにしては早過ぎると思った。

「こちらは、中日本精工の松本支店です」

中年の男がいった。

中日本精工は菅井利一の勤務先だ。

「たった今、豊科署に登山靴を頼んだ者だという電話がありました」

青木に違いない。彼は初めて民間会社に電話を入れた。しかも菅井の勤務先というところが人を食っている。

中日本精工の社員は、なんのことかと道原にきいた。

「本社に勤務している菅井利一さんを拉致した男です」

道原は答えた。

「それでは先に菅井さんの奥さんを脅して列車に乗ったという……」

「そう。それでなにをいいましたか?」

「穂高町に有明《ありあけ》山神社というところがあるそうですね」

「あります」

「その鳥居の下に、指定した物を置くようにということでした」

「分かりました」

道原はいって、唇を噛んだ。

「犯人はこういうことを、なぜうちへいってきたのでしょうか?」

「はっきりしたことは不明ですが、菅井さんに、なにかの恨みを持っている男の犯行ではないかとみています」

道原は心当たりをきいてみた。

電話してきた男は、菅井利一には一度も会ったことがないし、彼の別荘が浅間温泉にあることも知らなかったという。大企業ともなれば当然のことだろう。

松本市内のスポーツ用品店は、今夜も軽登山靴と緑色のウエアを届けにきた。

これに添えて、今夜は浅井の手首に掛かったままになっている手錠の鍵を渡すことにした。

そのことは、青木にも浅井にも告げていない。

警察が届けた物資は、まず青木が手に取るだろう。いままではそうだったことが栄子と房子の話から分かっている。

房子への薬と梅干も、青木が彼女に渡した。

その薬を彼女は飲み、けさは梅干を食べた。梅干を青木と浅井に与えたが、青木はそれを口にしなかった。嫌いなのかときいたところ、首を横に振った。もしや毒物でも混入されているのではと、青木は警戒していたようだという。

今度は手錠のキーを茶封筒に入れた。密封し、表に、「浅井弘行さんへ」と書いた。封筒の中にはなんのメッセージも入れなかった。

青木は荷物の中の茶封筒を見つけるだろう。それには浅井の名が書いてあるから渡すだろうが、中身がなんであるかを見せろと浅井にいうに違いない。

手錠のキーだと分かったら、青木はそれをどうするかだ。

道原は、十八日の午後、小淵沢で起こったことを頭に再現した。

青木は、道原と伏見に浅井の手錠を解けといって拳銃で脅した。

伏見は自分の手のほうを解いた。浅井の手錠も解こうとしたら、それはそのままにしておけと青木はいった。

両手が自由になったときの浅井を警戒したのではないか。

逃亡中、青木は浅井の手錠を壊すのではないかと想像していたが、今日までそれをしていない。浅井の手に光った輪がはめられ、もう一つの輪がぶら下がっていることが、青木に一つの安心感を与えているのではないだろうか。つまり浅井は勝手に逃げ出すことのできない人間とみているのではないか。

警察が差し入れた手錠のキーを見た青木は、どういう出方をするか。

青木は、小さなキーで手錠を解くどころか、そのキーをあずかっておくといって、浅井に渡さないことも考えられた。

両手が自由に動かせる浅井が怖いと思えばそうするだろう。

そのあと、「なぜキーを渡すのか」と、抗議してきそうな気もするし、警察の意図をあれこれ詮索するだろう。

今度の物資を届ける場所は今までよりは里に近いところだ。それは中房《なかぶさ》温泉に通じる道路で、車の往来もあるところである。

署では協議の結果、十五人の警官を神社近くに張り込ませることにした。

もしも青木にスキが見えたら、飛びかかって押さえ込む計画である。

人質の三人を警察が救出しても、これは無駄で、彼に拳銃があるかぎりあらたな人質を取って逃げまわるように思われる。

県警本部と松本署から集めた警官を加え、数台の車に分乗させて、穂高町の有明山神社に向かった。

各車両は分散して走り、現場でも間隔をおいてとめることにした。

すでに午後十時近くなっていた。

今夜は雲が低く、ゆうべのように星は見えなかった。

勤めている民宿のワゴン車に連れ込まれた今井雪代は、なにが起こるのかと脅えているのではないか。

暗いなかでも目立つように、今夜も物資は白い布袋に入れた。

これを外勤課員が、指定どおりに鳥居の下に置き、四、五分立ち止まっていたが、道路にとめた車に戻った。

先に現場に着いた十五人が闇のなかのこのようすを、じっと見ているはずである。

道原と伏見は、神社の裏側から入って、スギの大木の陰に身を伏せた。

深夜の一時。鳥居の下の白い袋が動いた。張り込んでいた者に疲れが出たころだった。

白い袋を提げた者がいるが、黒っぽい服装をしていて、誰なのかを確かめることはむずかしかった。

白い袋は神社の奥のほうへ行き、社殿を巡るように左に折れて見えなくなった。

「青木じゃないですね」

伏見がいった。

「小柄だったな」

道原がうなずいた。

双眼鏡をのぞいていた刑事が、女性らしいといった。

「今井雪代だな」

彼女には気の毒だが、ここで救助することはできなかった。

彼女が警察に保護されたと知ったら、青木はどういう手に出るか分からない。浅井や菅井に怪我をさせるか、あるいは無関係な人質を取りそうな気もする。

白い袋が道原の視野から消えて二分ほど経過したとき、銃声が起こった。瞬間的に、逃げようとした雪代が青木に撃たれたのではないかと思った。

自動車が発車した音がした。タイヤのきしむ音がした。

その音のほうへ何人かが駆けつけた。

道原らもそこへ走った。

「取り逃がしました」

外勤課員がいった。

彼は、鳥居の下から白い袋を拾い上げた者を尾行した。

その人影が神社を裏側へ抜け出ようとしたところで、銃が鳴った。弾丸は当たらなかったが、彼は怯《ひる》んだ。それ以上は追えなくなった。

どうやら犯人の車は、畑の中にとまっていたようだった。

「白い袋を持ったのは、どんな人間だった？」

威嚇射撃を受けた警官にきいた。

「女性です。黒い帽子に黒っぽいだぶだぶの上着でしたが、帽子から長い髪が出ていました」

やはり今井雪代だったのだろう。彼女は青木にいわれて白い袋を取りに車を降りたのだ。黒い帽子は浅井がかぶっていた物に違いない。青木は彼女に自分の上着を着せたか、警察が差し入れた緑色のウエアを着ていたのだろう。

青木は、自分が袋を取りに行って捕まったらそれっきりになるとみて、雪代を使ったのだ。彼は警察が張り込むのを見抜いていたのだろうか。

雪代が戻ってくるのを、闇に眼を凝《こ》らして見ていたら、一人が尾行してきた。だから青木は威嚇し、彼女が車に乗ったところで発車した。

銃を持っているから人質を取ることができるし、威嚇も可能なのである。青木の手から銃を奪わないかぎり、この戦いは終わらないような気がする。

道原は、これほど銃の威力を思い知らされたことはない。

青木がもし銃を手に入れられなかったら、彼はこの犯罪を計画しなかったに違いない。

青木が撃った弾丸は警官に当たらなかった。

道原はこれを威嚇射撃と受け取っているが、狙われた警官を含む多くの者は、たまたま的が逸《そ》れただけとみたかもしれない。

あすもたぶん県警本部から何人かが豊科署へやってくるだろう。青木が銃を発射したことは重大だからだ。捜査一課長と署長は額を突き合わせて、青木をライフルで狙撃する方向で検討するのではなかろうか。

5

「おれを捕まえようという気だったんだな？」

青木は午前五時に豊科署へ電話をよこした。

携帯電話を使用しているのだとしたら、比較的署に近い場所か長野自動車道に沿った付近にいるのだろう。

「当たり前だ。犯罪者を捕まえようとしない警察がどこにある」

「その声と話し方は、道原さんだな。あんなことをすると、可愛い女の子が死ぬことになるよ」

「どういう意味だ」

「分からないのか。気の強そうなことをいうわりには、勘はよくないらしいな」

「若い女の子を危険な目に遭わすのは、あんたじゃないか。弱い者を使ったりして。

……ところで、今井雪代さんには怪我はなかったか？」

「すんでのところで、おれは彼女を撃ってしまいそうになった。ゆうべは、暗がりに雑魚《ざこ》を何人も張り込ませたんだな。これからあんなことをすると、怪我人が出るぞ」

「松沢房子さんの代わりに今井雪代さんを人質にするなんて、卑怯なやつだ」

「なんとでもいえ。ところで、こっちが注文しなかった物が入っていた。あれにはどういうたくらみがあるんだ？」

「茶封筒の中身のことか？」

「ほかにもなにか入れてくれたのかい？」

「こう幾日も逃げ回っていたら、ただでさえ不自由だろう。それで浅井の両手を自由にさせてやろうということになったんだ。あんな恰好をしていて、もしなにかに蹴つまずいて怪我でもしてはな」

「バカに気が利いて、寛容じゃないか。そういうふうに気が利くクセに、夜中に雑魚を何人も張り込ませるのはどうしてだ？」

「それと浅井の手錠とはべつ問題だ」

「いっておくがな、警察がどんなにじたばたしても、おれは捕まらないよ」

「いうとおりだ。あんたに遇《あ》ってはなにもかもお手上げだ」

「ふん」

青木は電話を切った。彼の背後には人声も車の往来の音も入っていなかった。この近くの田圃の中の道で掛けたのではないか。電話を掛けてはワゴン車で移動する。昼間は人目につきにくいところにひそんでいるようである。

この朝は、署へ客が訪れた。

中日本精工の菅井利一の同僚二人と、同社松本支店長だった。三人とも紺のスーツ姿だった。

「きのう、警視庁の方が本社にお見えになって、菅井のことについていろいろお尋ねになりました。誰かに恨まれているのではないか、彼を連れ去った犯人は、個人的に恨みを持っているのではないかということでしたが、会社においてはそのようなことはなかったと思います」

君島《きみじま》という生産管理部長がそういった。

「警視庁の捜査で、完全ではありませんが、菅井さんの背景が少しは分かってきました。ご本人が気づかなかっただけで、ひょんなことから、相手は深い恨みを持つようになったというケースはよくあります」

四賀課長がいった。

「そういうことですと、同僚もいちいち覚えていられません。……で、菅井を拉致した男は、なにを要求しているのでしょうか？」

「いままで要求してきたのは、登山装備と食料と燃料ぐらいな物です。それは菅井さんにかぎらず、人質になっている全員の物です」

「登山装備……。現金の要求はまったくないのですか？」

君島は、丸い眼をした。

「営利を目的とした誘拐じゃないんです。いまのところ、はっきり人質といえるのは、菅井さんと二十歳の女性ですが、いずれの家族や関係者にも金銭の要求はありません」

「ではやはり、恨みを晴らすのが目的というわけですか」

「そう思われます」

「犯人は最終的には、三人をどうするつもりなのでしょうか？」

「見当がつきません」

「いまでも、乗っ取ったワゴン車で逃げているんですか？」

「テントを持っていますが、使っていないようです」

「あのう、今度、犯人と交信ができましたら、現金での取引をいい出していただけませんか」

「応じるかどうか……」

四賀課長は腕組みした。

「まとまった金の話を出したら、ひょっとして態度を変えることも考えられます。ぜひお願いします」

四賀課長はうなずき、どの程度の金額なら取引に応じられるかと君島にきいた。

「一億円ということでどうでしょうか？」

「一億……。中日本精工には危機発生の場合の資金が用意されているんですか？」

「それはありませんが、海外で社員が災難に遭わないともかぎりません。ある程度は覚悟しております」

紺のスーツの三人は立ち上がった。

道原は課長に断わって一つ質問することにした。

「菅井さんに恨みを持っている人について、会社では心当たりがないということでしたが、菅井さんの周辺にいたか、あるいは休職中の社員を、細かく洗ってみていただけませんか」

「青木と名乗っている男が、社員だった可能性があるとおっしゃるのですね？」

「断言はできませんが、そんな気もします」

そういってから道原は、応接室へ伏見を呼んだ。

青木の特徴を二人で思い出しながら、中日本精工の社員にきかせた。

「言葉には訛《なま》りはありません。終始サングラスを掛けていましたが、素顔はハンサムです。それは菅井さんの奥さんもいっていました」

身長は一七八センチはありそうだ。あるいは青木には登山経験があるかもしれない。それで登山装備を発想したのではないか。

「最近、何年間かの退職者の中から、登山が趣味だった者についても調べてみます」

三人はあらためて腰を折った。


道原が予想したとおり、県警本部から幹部がやってきた。

昨夜、有明山神社の暗がりで青木が発砲したことをやはり重視した。

今後、犯人が要求した物資を届ける場合は、狙撃手を配備する。人質の安全を確かめたうえで、犯人の下半身を撃つことを決めた。

青木から、きょうになって二度目の電話があった。

「折角差し入れしてくれたんだから、その好意を酌《く》んだ」

「なんのことだ？」

道原はいった。

「この電話を逆探知しているのかい？」

「そんなことをしても無駄だろう。あんたは乗っ取ったワゴン車であちらこちらへ移動するんだから。……好意を酌んだとは？」

「浅井君の手錠を解いてやったよ」

「自由が利くようになって喜んだことだろうな」

「おれも、毎日、彼の右手の傷の手当てをしなくてすみそうだ」

「手首の傷は、ひどいのか？」

「猿の尻のような色をしている」

「菅井さんが勤めている中日本精工が、あんたと取引したいといっているんだが」

「会社が、おれと取引を……」

青木は、いましかに、「会社」といった。

「そうだ。菅井さんを解放するための取引をだ。応じたほうが賢明だと思うがな」

「参考までにきいておこう。どんな条件なんだ？」

「現金を一億円用意するといっている」

「悪くないな」

「そうだろう。あんたが何者か分かれば、もっとべつの条件を出すだろうがな」

「会社の窓口は誰だ？」

「それはいえない。あんたが正確に名乗れば、教えてやる」

「会社はこの不況に一億円出しても、菅井を助けたいといっているのか？」

「人命は金銭に替えられない」

「そうかい。警察は、浅井と引き替えに二億円ぐらい用意しないのか？」

「誰が受け取るんだ？」

「いまのところ、おれかな。……それとも、出て行くから、刑を十年ぐらい軽くしろというのはどうだ？」

「そこに、浅井はいるのか？」

「ああ」

「電話を代わってくれないか？」

「そりゃ、ダメだ」

青木は、またも一方的に切ってしまった。

「どうだね。青木は一億円で計画を変更しそうかね？」

四賀課長が道原にきいた。

「悪くない、とはいっていましたが、どうでしょうか」

「伝さんは、青木と菅井利一は顔見知りとみているんだね？」

「妻の栄子を脅迫したときのようすから推測すると、知り合いのようです」

「それだと、現金での取引には応じないんじゃないかな？」

「菅井には青木の身元が割れているからということですね」

「そう。一時は大金を手にしても、やがて追いつめられると思えば、受け取らないような気がするよ」

「どうするかは、青木の人柄次第ですね」

「うちとしては、青木が取引に応じて、浅井も今井雪代も解放してくれたほうが助かるけどな」

「もしも取引に応じなかったら、青木は菅井をどうするつもりでしょうね？」

「そこだな。殺すつもりなら、もう殺《や》っていそうな気がするが……」

「すでに菅井は、ホトケさんにされているということはないでしょうね？」

「青木以外の者の声をきけないから、車の中はいったいどうなっているのか……」

四賀課長は椅子を回転させ、壁に貼ってある地図をにらんだ。

道原の耳朶《じだ》には、青木の言葉の中の、「会社」といういい方がこびりついている。

道原が、中日本精工といったのだから、青木のほうも固有名詞で呼びそうなものだ。

彼の、「会社」という言葉は、社名を呼び捨てたようにきこえた。

第六章　謀　略

1

七月二十四日は朝からひどい雨降りだった。

真夏とはとても思えないくらい気温は低い。

県警本部からライフル銃を持った二人が豊科署に到着した。一人はオリンピック代表選考会で、惜しくも出場を逃したことのある警官だった。

二人は、青木を狙撃するためにやってきたのだった。

青木は、かならず物資を要求してくる。それを受け取るさいに彼を撃つ。しかし、前回のように、人質の今井雪代を使われたら、そのチャンスを活かすことができない。

青木は銃を持っているが、警戒は怠らない。最終目的がなんであるのか不明だが、それをはたすまでは、そう容易《たやす》く警察の手にかかりはしないだろう。

きのうの午後に電話があったきりで、きょうの青木はどこにも電話を掛けていないようだ。

彼が他所《よそ》に掛ける場合は、注文した物をどこへ運ぶかの指定である。

強い雨が降っているから、四人はワゴン車の中でじっとしているのだろうか。

寒ければエアコンはつけられるし、寝袋もある。燃料とコンロがあるから、炊事も可能だ。

今井雪代は、青木にいわれて飯を炊いたり、味噌汁をつくっているのだろうか。

道原が想像するに、きのうからきょうにかけての青木は、中日本精工が菅井利一解放の取引条件に呈示した一億円について頭をひねっているのではないか。

現金を受け取っても、すぐ捕まってしまうのでは意味がない。菅井の口から青木の身元は判明する。すると、現金を受け取って、逃亡する以外にないのだが、その先をどこにするかなど、さかんに考えていそうな気がする。

道原は、菅井栄子と娘の葉子の避難先である浅間温泉のホテルに電話した。

栄子は、松沢房子が解放された代わりに、民宿の従業員の今井雪代が人質に取られたことを知っていた。テレビニュースで観たのだという。

「青木は、中日本精工の社員ではなかったかと思われるふしがあります。あなたが人質になっているあいだ、それらしい面を見せたことはありませんか？」

道原がいうと、栄子は考えているらしくしばらく黙っていたが、

「自信はありませんが、主人のことをきくときに一度だけ、副部長といいました。私は次の言葉に注意しましたが、それきりそのような呼び方はしませんでした」

と、慎重な口調でいった。

「それは列車の中ですか。それとも？」

「ワゴン車に乗ってからでした。塩尻辺りで夜明かししたときだったと思います」

「すると、人質にされて二日目の夜ですね？」

「たしかそうでした」

「菅井さんは、現職の生産管理部副部長になられて約二年でしたね？」

「そんなものです」

青木は、道原との電話の中で中日本精工のことを「会社」といったし、一億円で菅井を解放する取引の呈示があったといったところ、会社の窓口は誰かときいた。名前をいえば、それがどういう人間か分かるということなのか。

いまの栄子の記憶も重要だ。菅井のことを彼女にきくさい、「副部長」といったという。かつてそう呼びつけていたので、つい口を滑らせてしまったのではないか。

これらを総合すると、青木と名乗って勝手な要求を警察に突きつけている男は、中日本精工を退職した人間ではないかという気がするのだ。

道原はそれを、中日本精工本社の君島部長に電話で伝えることにした。

君島が電話に出るまでに四、五分を要した。

「社員の退職者、それも円満なかたちでなく、たとえば解雇者で思い当たる社員はいませんか？」

道原はいった。

「早速人事部に伝えますし、私も記録を繰って調べることにします」

「菅井さんを、日常、副部長と呼んでいた社員から当たってみてください」

中日本精工の社員数は約一万五千人だという。この会社も不況の波をモロにかぶっているらしい。

夕方まで冷たい雨は激しく降った。

青木らはどこにいるのか。やることがなかったら電話を掛けてくればよいのにと思った。

「きょうは雨のために休戦だな」

四賀課長は退屈そうにいって、大きく伸びをした。

道原は、浅井の捜査で東京へ出張してから十日ぶりに帰宅した。

娘の比呂子は、父親を不思議な動物に会ったような顔で見るのだった。

「どうしたんだ？」

道原は立ったままいった。

「だって、殺人事件の容疑者を解放したんだもの。お父さんだと思えない」

「比呂子。お父さんの仕事のことはいわない約束でしょ」

妻の康代だ。

「そうだったけど。今度は特別よ」

「誰かにいわれたのか？」

「誰にいわれても、わたしは平気よ。ただ、わたしが感じたことをいってるだけ」

「だけど、誰かもいっているんだろ？」

「お父さんだとは知らないらしいけど、手錠をはずした刑事って、もしかしたら、道原さんのことじゃないかしらっていっている人はいるわよ」

「お前は、お父さんが意気地なしに見えたのか？」

「そんなふうには見えないけど、ピストルを持った犯人と、もっと話ができなかったのかなって思ったわ」

「話し合いができれば、こんな大きな事件にはならなかった」

「お父さんが、殺人事件の容疑者の手錠をはずすとき、大勢の人が見ていたの？」

「犯人と手錠をつないでいたのは伏見君だが、そりゃ列車の窓から大勢が見ていたと思う」

比呂子はどう感じたのか、首を傾げて台所へ入った。

康代は、道原の手から汚れ物を受け取った。

「このあいだ、わたしが会社へ着替えを届けに行ったでしょ」

康代がいう。

「ああ」

「わたしが帰ろうとしたら、伏見さんが廊下へ追いかけてきたわ」

「そうだったな。彼はなにもいわなかったが」

「伏見さんね、『おやじさんは、立派でした。見直しました』っていったのよ」

「あいつ、なにを見直したんだ?」

「伏見さん、それ以上いわなかったけど、列車の中でピストルを持った犯人と出会ったときのことをいったんだと思います。……あの日、四賀課長さんから、『伝さんが、伏見と一緒に殺人容疑者を署に連行中、とんだ事件に巻き込まれた』という電話をいただいたとき、あなたが大勢の乗客の中でどうしたのかを、あれこれ想像していたわ」

「そうか。人間、肚《はら》を据えてやれれば、なんとか窮地を抜け出ることができるものだ」

彼は風呂に入ることにした。

緊急連絡があったら、すぐに飛び出せるように、脱衣籠に着る物を用意した。

夜半に雨は上がった。雲は動いていたが、ところどころに星のまたたきが見えた。

青木はどうしてしまったのか、二十五日の朝も電話を掛けてこなかった。

「ワゴン車ごと増水した川にでも転落しちゃったんじゃないでしょうね」

出勤するなり宮坂がいった。

けさは、伏見も宮坂もさっぱりした顔である。自宅の風呂に入り、ぐっすり睡眠をとったからだろう。

道原もゆうべは、浅井のことも青木のことも忘れて、泥のように眠った。

午前十時過ぎ。蝶ヶ岳ヒュッテの管理人から電話があった。

「けさ、うちの小屋を発って下ったお客さんが、途中で動けなくなっている登山者を見つけたといって、引き返してきました」

よくあるケースだ。

通報を受けた外勤課員は、動けない登山者の状況と場所をきいた。

場所は蝶ヶ岳ヒュッテの南に当たる長塀《ながかべ》尾根を四、五〇〇メートル下った地点。

「知らせてくれたお客さんは、ただの遭難者に見えないといっています」

管理人はいった。

どういうことかをきくと、動けなくなった人は男で、両手に手錠を掛けられ立木につながれているというのだ。

これをきいた外勤課員は、椅子から転げ落ちるほど驚き、電話を刑事課に回した。

道原は、蝶ヶ岳ヒュッテの管理人を知っていた。

「立木に手錠でつながれているのは、何歳ぐらいの男だね？」

道原がきくと、管理人は通報してきた人に代わった。

それは三十代と思われる男だった。

「年齢は五十代だと思います」

「五十代……。生きているんですね？」

「かなり弱っているようですが、呼吸はしています」

「手錠をはずしてやりましたか？」

「そんなことできません。その人は直径三〇センチぐらいの幹を抱くようにして、両手に手錠を掛けられているんですから」

「呼び掛けたら、返事をしましたか？」

「意識はほとんど朦朧《もうろう》としています」

装備をきいたところ、緑色のレインウエアを着、軽登山靴をはいて、緑色のザックを背負っているという。

「その人の近くにはテントはなかったですか？」

「よく見ていませんが、なさそうでした」

「同伴者らしい人もいなかったですか？」

「はい。その人だけでした」

通報してきた登山者は、山中で異様な光景を見て胆を潰《つぶ》したことだろう。

まずは人命救助が最優先である。ただちに医師と救助隊員を乗せたドクター・ヘリが現場に向かった。続いて、捜査員を乗せたヘリが飛ぶことになった。

「青木という野郎のしわざだな」

黒縁メガネの牛山が太い声でいった。

道原と伏見はうなずいた。

手錠で立木につながれていた男は、菅井利一に違いないと、道原は思った。

間もなく捜査員を乗せるヘリが、署の屋上に到着する。

道原と伏見と牛山は、ロッカーから登山装備を引き出した。

2

蝶ヶ岳ヒュッテは、蝶ヶ岳と大滝山を結ぶ主稜線から、徳沢《とくさわ》へ下る長塀尾根が分岐する標高二六六四メートル地点の、展望のよい場所に建っている。

西側は、梓川《あずさ》の流れる深い谷をへだてて穂高連峰が、右手には槍ヶ岳を望む。この眺望は北アルプス随一という定評のある山小屋である。

ヘリは、赤い屋根の山小屋を左手に見て、救助隊員を降ろした。

山小屋から五、六人が飛び出してきた。

その中に、ひょろっとした背の高い男がいた。長塀尾根を下りかけたところで、立木を抱くようにしている登山者を発見した人だった。彼には女性の同行者がいた。きのう常念から蝶へ縦走し、蝶ヶ岳ヒュッテに泊まった。きょうはゆっくり上高地《かみこうち》まで下り、そこでもう一泊して帰ることになっていたという。

ところが、下り始めて二十分ほどしたところで、同行の女性が白い花を見つけ、それをカメラに収めようと、林の中に踏み込んで、すわり込んでいる登山者を見つけた。

彼女は彼を呼んだ。二人で怖る怖る立木を抱いている人に近づいた。それなのにすわり込んでいる人はまったく反応がなかった。

二人が眼をむいたのは、木に抱きつくようにしてすわり込んでいる男の両手には光った手錠が掛けられていたからだ。

長身の男は、救助隊員を現場へ案内した。同行の女性は山小屋に残った。うす気味悪くなったようである。

長塀尾根を五〇〇メートルほど下ったところで、長身の男は右手を指差した。

救助隊員は、小木と樹葉を分けて踏み込んだ。登山道から四〇メートルほど入ったところの木の根元に、たしかに男がすわり込んでいた。

四人の救助隊員は、男に駆け寄った。声を掛けた。が、男は少しも動かなかった。発見者がいったとおり、中年男は、直径三〇センチほどの立木を抱くようにし、その両手首には手錠が掛かっていた。

緑色のウエアの上に同色のレインウエアを重ね着し、緑色のザックを背負い、新品の軽登山靴をはいていた。

まるで雨蛙のような保護色で、もっと登山道に近いところにいたとしても、往復する登山者に気づかれないのではないか。

救助隊員たちは、ペンチで手錠を切断すると、男をヘリに乗せ、豊科町の赤十字病院に搬送した。救助隊員の一人が捜査員を待つことにした。

次のヘリで到着した捜査員たちを、救助隊員が、現場に案内した。そこには男にかけられていた手錠や、男が背負っていたと思われるザックが残されていた。

「ちくしょう。おれが浅井に掛けた手錠だ」

伏見は、歯ぎしりするようにいって、ポケットから合い鍵を出した。

「浅井の手錠をはずしてやるために、キーを差し入れしたのに、こんなことに使いやがって」

牛山だ。

「全身ぐしょ濡れでした」

救助隊員がいった。

きのうは夜半まで冷たい雨が降った。日中はかなり強い降りだった。あの男は、きのうのうちにここで手錠を掛けられて、放置されたのではないか。

道原は、ザックを開けた。中身は、にぎり飯と、チーズとアメ玉だった。

にぎり飯はすえた臭いがしていた。包装紙に貼られたシールを読むと、なんと豊科町のスーパーマーケットが売った物だった。

「青木のやつ」

牛山だ。

青木は、にぎり飯と菓子を入れたザックを背負わせておいて、両手に手錠を掛けた。雨が降らず、夜気が冷たくなくても、普通の人間だったら、空腹と背中のザックの中身のために、狂い死にするのではないか。

青木の狙いはそこだったのか。

浅井の手錠を解いたら、どのような反応が起こるかについては、大きな関心があったものだが、青木がこれをやるとは想像もしなかった。

青木を先頭にした四人は、きのうの冷たい雨の中を蝶に向かって登ったのだろうか。

それとも誰か一人が、菅井を連れて登ったのか。

「四人一緒だったでしょうね」

伏見がいった。

道原らの三人は、菅井らしい男が手錠でつながれていた付近を這うように歩いた。誰かの痕跡をさがしたのだった。

「青木たちは、下ってしまったんでしょうか？」

伏見がいった。

「あの男を殺すつもりならな」

道原が答えた。

「殺すつもりだったと思います。あの男は相当弱っていました。人によっては発見されないうちに死んでいたかもしれません」

「かつては、恨みのある者を岩場から突き落としたり、落石に見せかけて殺したケースがあったが、手錠を掛けて動けないようにして殺すというのは初めてだな」

「手錠がなかったら、べつの方法を考えたでしょうね」

彼らは、どこから入山したのか。

蝶への最短コースは、三股からである。

青木は、菅井利一を拉致した去る二十一日の夜、二六センチの登山靴とウエアを、三股まで届けさせている。

三股から入山したのだとしたら、例のワゴン車はその付近の山の中に隠してあるとみてよいのではないか。

菅井を山中に置き去りした青木は、すでに下山し、ワゴン車でべつの場所へ移動したようにも思われる。

菅井らしい男がいた付近には、キャンプの痕跡は見当たらなかった。

道原は念のため、三股付近にワゴン車が隠してないかの捜索を、蝶ヶ岳ヒュッテから本署に連絡した。

「手錠を掛けられていた男は、菅井利一らしいかね？」

四賀課長だ。

「私は彼だと思います。手錠は、伏見君が浅井に掛けた物でした。それが使われていたということは、青木の犯行とみて間違いないでしょうね」

「青木には一昨日、中日本精工が呈示した一億円で取引に応じないかという案を伝えた。それにもかかわらず、高い山の中に菅井を……」

「取引には応じないという意思表示でしょうね」

「あとの三人はどこへ行ったと思う？」

「さっぱり分かりません」

「案外、山小屋に泊まったかもしれないよ」

「まさかとは思いますが、この山小屋で確認します」

菅井の妻と娘は、浅間温泉のホテルにいる。ヘリが病院へ運んだ男を、その二人に見せてくれと道原はいった。

蝶ヶ岳ヒュッテの管理人に、男三人に女一人、または男二人に女一人という組み合わせのパーティーが昨夜泊まっていなかったかをきいた。

管理人は、宿泊カードを繰った。

この山小屋の収容能力は二百五十人だ。この時季、雨が降らないかぎり二百人は宿泊する。

同じような組み合わせのパーティーは何組かいた。メンバーそれぞれの年齢がほぼ合っているパーティーもあった。

青木らが入山したとしたら、昨日だろう。きのうは強い雨のせいで、宿泊者は約七十人だった。

該当しそうな宿泊者の人相などを管理人と従業員にきいた。

浅井の手錠のキーを渡したのは、二十二日の真夜中だった。だから二十三日には浅井の両手は自由を取り戻していたはずである。

手錠をしていなければ普通の人間と変わらない。

従業員の眼には、特に変わった宿泊者は映らなかったようだ。

当然のことだが、宿泊カードには各人の氏名と住所が記載されている。

男女の組み合わせが青木らに似ているパーティーについて、各人に問い合わせすることにした。

宿泊カードをファックスで本署に送信した。

本署では各都府県警に該当があるか否かの照会をする。

道原ら三人の刑事は、蝶ヶ岳新道を三股まで下ることにした。約三時間の行程だ。

この道中に、青木らの痕跡が落ちていないともかぎらない。

三人は、登山道の左右を注意して下ったが、青木らがここを登り下りしたと思われる形跡を発見することはできなかった。

署の車両が二台とまっていた。ワゴン車捜索と道原らの出迎えのためだった。

「ご苦労さまでした」

宮坂がいった。

道原は首を横に振った。下山中の収穫はなかったという意味だ。

「道原さん、大変ですよ」

宮坂は眼を見張っていった。

「また、誰かがさらわれたのか?」

「さっき、課長から連絡があったんですが、ヘリで病院へ収容された男、菅井利一じゃないということです」

「なにっ……」

道原、伏見、牛山は思わず口を開けた。

浅間温泉のホテルに避難していた菅井栄子と葉子が、警察の車で豊科赤十字病院へ駆けつけた。

二人も、てっきり利一だと思い込んでいたらしいが、憔悴《しょうすい》した中年男の顔を見たとたんに、声をあげた。別人だというのだった。

知っている人かときいたところ、見たこともないと答えた。

「ちくしょう。青木にまた一杯食わされたな」

道原は、足下の小石を蹴った。

男に手錠を掛けたのだから、青木が蝶ヶ岳ヒュッテの近くまで登ったことは確かだろう。

三股からではなく、上高地側の徳沢から長塀尾根を登ったことも考えられるが、いずれにしろ現場へ登らないことには、男に立木を抱くような恰好をさせて手錠をはめることは不可能だ。

警察を翻弄《ほんろう》し、嘲笑《あざわら》っている青木は、またどこへ消えてしまったのか、三股付近で青いワゴン車を見つけることはできなかった。

どうやら彼には、警察が思いつきそうなことはすべて分かっているらしい。

3

長塀尾根の森林の中で手錠を掛けられ、全身ぐしょ濡れになっていた男は、病院で意識を回復した。

道原は、ベッドに横たわっているその男に会った。五十歳見当で浅黒い顔をしていた。

からだが温まり、栄養を摂ったことで、恐怖感が少しは和《やわ》らいだようである。

医師から質問の許可をもらった。

「ひどい目に遭いましたね」

道原は自分を名乗って、静かに話し掛けた。

男はわずかに顎を引いた。

「お名前と住所を教えてくれませんか？」

「はい」

名前は、江国正敏《えぐにまさとし》、四十九歳。住所は、東京都立川《たちかわ》市だといい、自宅の電話番号を教えた。

それをきいて、伏見はただちに本署に連絡した。本署では家族に電話を入れ、江国正敏が山へ行っているか否かを確認のうえ、病院へ収容されていることを話す。

「あなたは、いつ山へ入りましたか？」

「二十三日に、徳沢ロッジに泊まり、二十四日に蝶ヶ岳ヒュッテまでの予定で登りました」

徳沢から長塀尾根を使って登ると、約五時間である。

「二十四日は雨が降っていたし、かなり気温が低かったのではありませんか？」

「そうでしたが、雨に降られても歩ける準備はしてきました。何度か登り下りしたコースですし、べつに不安はありませんでしたが……」

江国は、悪夢でも払いのけるかのように、顔の上で二、三度手を振った。

——あと三、四十分もすれば大滝、蝶の稜線に出るはずだった。

長身の男と若い女性が下ってきたが、すれ違いざまに男が江国を押し倒した。

「騒ぐな」

男はいって、森林の中へ入れというように腕を伸ばした。

日本の山の中で襲われるなど想像もしなかったし、男女が何者なのか、目的はなにかの見当もつかなかった。

「なんだ君たちは?」

江国はいったが、男が腰から抜いた物を見て、彼は震え上がった。なんと拳銃の銃口が顔に向いているのだった。

男に林の中へ追いやられた。

男は背負っていたザックを下ろすと、緑色のウエアを出し、これに着替えろと命じた。

江国はいわれるとおりし、自分が着ていたグレーのレインウエアと黄色のセーターを脱いで、男が出した新品のウエアに着替えた。

男は、若い女性が背負っていたザックを下ろさせ、中身を見せた。にぎり飯と菓子が入っていた。

そのザックを背負わされた。樹葉の色が映ったような緑色のウエアとザックには、なにか意味がありそうだと感じた。

「昼飯は食ったか?」

男がきいた。

山小屋へ着いたら食べるつもりだったので、まだだと答えた。

「しばらくここにいてもらうことになるから、食ってくれ」

と男がいう。

江国は、樹葉を伝って落ちる冷たい雨の滴を頭に受けながら、徳沢ロッジでこしらえてもらったにぎり飯を震えながら食べた。

これからなにが起こるか分からないという恐怖から一個しか食べられなかった。

男は、にぎり飯と副食の入った緑色のザックを江国に背負わせた。三〇センチほどの幹を抱くようにといわれた。その言葉にしたがうと、男は江国の両手に手錠を掛けた。

このまま置いて行かれたら確実に死ぬ。そう感じた江国は、

「私を誰かと勘違いしているんじゃないのか」

と、自分の名前をいった。

男は薄笑いを浮かべ、

「勘違いじゃない。しばらくこうしていてくれ」

といって、蒼い顔をした若い女性を促して登山道へ出て行ってしまった。

男と女が遠ざかったころを見計らって、江国は人を呼んだ。「助けてくれ」と何度いったかしれない。声は嗄《か》れた。

冷たい雨は着衣を通してきた。

登山道は比較的近い。そこを登り下りする人が見えたり、人の気配を感じたら、助けを呼ぶことにした。

雨天のせいか、人影を見ないまま日が暮れた。

夜半に雨が上がった。寒さで歯の根が合わなくなった。

手錠でつないでいった男は、「しばらくこうしていろ」といったが、はたして戻ってくるつもりなのか。何時間かのうちに戻ってきて、口に食物を入れてくれなかったら、衰弱死するのは確実だ。

あの男女は、なにかの恨みを持っていたのだろうか。あるいは恨みのある人間に、江国正敏を山中の樹木に手錠でつないでおけと頼まれたのか。彼は過去に出会った人間を思い浮かべたが、このような仕打ちを受ける心当たりはなかった。

ときどき意識が薄れるのが分かった——。

「あなたは、長身の男に見覚えはなかったんですね?」

道原は、唇が白っぽくなっている江国にきいた。

「ありません」

「七月十八日に、人質を取って中央線の特急に乗り、小淵沢で降りると、警察官が連行中だった男の手錠を拳銃で脅してはずさせ、民宿のワゴン車を乗っ取って逃走していた男に違いありません」

「その事件なら、テレビで観ましたし、新聞でも読みました」

「あなたには、青木という姓の知り合いがいますか?」

「いますが、現在はヨーロッパへ行っています。歳は五十二です」

それでは別人だ。

「江国さんは、中日本精工という会社に関係していますか？」

「私は、立川市内の電子部品を作る小さな会社に勤めています。中日本精工のような大企業とは直接取引はありません」

「それでは、菅井利一という名に心当たりは？」

「知らない名前です」

道原は、菅井利一の身代わりとなって手錠をはめられたのだとはいわなかった。

江国のいう長身の男とは青木に違いないが、彼は若い女性と一緒だったという。年齢の見当からすると今井雪代だろう。

他に人影は見なかったというから、浅井と菅井はべつの場所にいたのだろうか。それとも仲間割れでもしたのか。いや、青木は銃を所持している。彼に弾丸があるかぎり、三人は彼の指図にしたがわないわけにはいかない。彼の意見や命令に反抗したりすれば、銃口を突きつけられる。

青木は、なんのために江国を森林の木につないだのか。彼は意識不明になったが、登山者に発見され、一命を取りとめた。もう一日雨が降りつづいていたら、おそらく彼は衰弱死したに違いない。青木はそれでもかまわないと思ってやったのだ。

これも警察への挑戦のように思える。

「伝さん、大変だぞ」

四賀課長が病院へ電話をよこした。

「青木が、またなにかやりましたか？」

「菅井利一らしい男が、上高地の白樺《しらかば》荘に倒れ込んだ」

「菅井らしい男……。一人ですか？」

「白樺荘ではそういっている。たったいま、通報を受けたんだ」

「倒れ込んだということは、ひどく疲労しているか、怪我でもしているんでしょうね？」

「そうらしい。白樺荘では、とにかくその男を寝かせているといっている」

白樺荘は、上高地の河童《かっぱ》橋のたもとにあるホテルだ。

道原は、伏見の運転する車で、そのまま上高地へ向かうことにした。

四賀課長は、「大変だ」といったが、ホテルに倒れ込んだ男が菅井なら、喜ばしいことではないか。

上高地は観光客でごった返していた。一年中で最も人が押しかける時季である。

マイカーは沢渡《さわんど》から先は乗り入れできないが、増発したバスとタクシーが列をなしている。

河童橋には人がぎっしりと立っている。穂高連峰や岩稜の裾を洗う梓川の清流を眺めているし、写真を撮っている。橋の上で記念撮影しようにも、大勢の人に押されて思うようにならないほどだ。

橋の上に立っている人のほとんどが穂高を向いているが、反対側の焼岳《やけ》の眺めの美しさは意外に知られていない。梓川の下流の上に赤茶けた山体がどっしりと腰を据えているのだ。

白樺荘のレストランも満員だった。

道原と伏見は、ホテルの裏口から入った。

支配人が出てきた。

「いま、眠っています」

支配人は、奥のほうへ顔を向けた。倒れ込んだ男のことである。

午前十時になろうとするころ、登山者らしい一人の中年男が、酒に酔ったようにふらつきながら玄関へ入ってきた。従業員が迎えると、「スガイです」といったきり、両膝を折った。そこで男をかついで、客室へ寝かせたのだという。

道原は、男が寝ている客室へ入った。

顔に不精髭の伸びた汚い中年男が、口を開けて眠っていた。枕元にグレーのレインウエアがたたんであった。従業員が脱がせたのだという。眠りこけている中年男は、真冬に用いるような黄色の丸首セーターを着ていた。

「菅井利一に間違いない」

道原は一度会っている菅井の顔を思い出しながらいった。

「おやじさん。江国正敏が着ていた物じゃないでしょうか?」

伏見だ。

「青木は、江国の着ていた物をこの人に着せ、この人の着ていた物を江国に着せたんだろうな」

道原たちより一足遅れてワゴン車が到着した。それには警察の嘱託医が乗ってきた。

医師は脈を取り、セーターの胸をめくって聴診器を当てた。

「動かしても大丈夫ですから、病院へ運びましょう」

医師はいった。

男は、担架《たんか》でワゴン車に乗せられた。

どのくらいのあいだ眠らなかったのか、わずかに口を動かしただけで、車に移されても目を開けなかった。

4

菅井栄子と葉子は、あらたに病院へ運ばれてきた男と対面した。

「あなた」

「お父さん」

そう呼ばれても菅井は眠りから醒めなかった。

からだのあちこちに打撲傷やすり傷はあるが、いずれも軽かった。長い時間をかけて山中を歩いたようである。その間に何度も転倒したもようで、背中や尻にも打った傷があった。

腕に点滴が注がれた。あすの朝は、会話もできるようになるだろうと医師はいった。

「無事に戻れてよかった」

道原は、菅井の汚れた顔を見てつぶやいた。

菅井生還の連絡を受けて、中日本精工・松本支店から支店長が駆けつけた。

菅井は、青木に解放されたのだろうか。もしも逃げ出したのだとしたら、人質になっている浅井や今井雪代になんらかの制裁を加えるのではないか。あるいは、また誰かを拉致することも考えられる。

一方、緑色のウエアを着せられ、同じ色のザックを背負わされ、手錠を掛けられて立木につながれていた江国正敏の家族が、病院へ到着した。

江国は若いころから山登りをしており、最近も年二、三回は北アルプスを単独で登っていると妻が語った。

妻子も、刑事の質問に、江国を恨んでいる人の見当はつかないといった。

どうやら江国は、青木の警察を欺く手段に使われた不運な男であるらしい。

県警本部は協議した結果、浅井の腕の手錠を解いたほうが行動しやすいし、場合によっては青木の眼を盗んで逃げ、自首してくることも考えられると踏んだのだ。が、青木にかかっては警察の好意や策略は水泡と帰した。

警視庁から、ある資料が送信されてきた。

それは、最近二年間に中日本精工を退職した人のリストだった。

その中で、在職中菅井利一の息のかかるところにいた社員については、退職理由と退職後の職業、または近況が記入されていた。

道原は、自分の席でそのリストを入念に読んだ。

四賀課長も読み、気になる人間には印をつけた。

道原の眼に気になる一人の男の名が浮きあがってきた。

その男は根岸佐知男《ねぎしさちお》といって、現在三十五歳。神奈川県出身で、東京の大学を出ると同時に中日本精工に就職した。横浜《よこはま》工場の製造部品質検査課に所属して、検査機械の開発を担当していた。

ところが昨年十一月、依願退職し、本年一月、横浜市内の家具販売店に再就職したが、三月に退職、すぐに東京・大田《おおた》区の塗装会社に入社したが、五月ごろから欠勤が多いという理由で、六月に解雇された。

実家は農業である。土地ブームのころは、農地を宅地に転用しては分譲し、父親は不動産業者と呼ばれていた時期があった。現在でも耕地は所有しており、農業を細々と営んではいるが、有価証券などをかなり持っていることが知られている。

佐知男は次男である。彼は塗装会社をクビになった六月初め、それまで両親と同居していたのだが、東京で独居するといって実家を出、品川《しながわ》区にアパートを借りた。

夫婦と称して三十歳ぐらいの女性と同居していたが、女性のほうは六月末から姿が見えなくなった。

警視庁の所轄署は佐知男のアパートを訪ねたが、十日ほど前から不在ということだった。

同居していた女性の氏名も現住所も不明で、佐知男の行方を知っている人は見当たらないとしてあった。

根岸佐知男の身長は一七八センチで痩せぎす。髪の毛にクセがあり、パーマをかけているように見える。右の顳顬《こめかみ》に大豆大のホクロがある。

大学時代はヨット部に入っていた。社会人になってからも一時、友人とヨットを共有していた。

登山歴については知られていない。両親や兄姉の話では、登山経験はないという。

この根岸佐知男に道原が注目したのは、ここ十日ほど住まいを空けていることと、体格である。列車の中で会った拳銃男は、脂けのない髪をしていたが、その毛髪にはクセがあった。道原は小淵沢で列車を降りたとき、後日のために男を観察した。どこで会っても覚えていられるくらいじっと見て、脳裡に焼きつけておいた。言葉に地方の訛りが感じられなかったから、東京かその近くの出身者だろうと見てとった。

道原は、根岸佐知男の写真をすぐに送ってもらいたいと要請した。それから、彼の性格を詳しく知りたかった。彼が菅井利一と接触する機会があったかどうかも重要なポイントだった。

根岸佐知男の写真が届いた。中日本精工が保存していたものだった。

拳銃男よりも頰が丸かったが、紛《まぎ》れもなく浅井の手錠を解かせてさらって行った男だった。道原と伏見にとっては一生忘れることのできない顔である。

「間違いなくこの男です」

道原と伏見は、写真を手にした四賀課長にいった。

病院に収容された菅井利一にきけば、彼を浅間温泉の別荘から連れ去り、ワゴン車であちこち逃げ回っていたのが誰であるのかすぐに分かるはずだが、彼は白樺荘へ倒れ込んでから六時間経過しても眠りつづけているのだった。

根岸佐知男に関する続報が届いた。

彼は、横浜工場に勤務していたが、一昨年五月までの約一年間、熊本《くまもと》工場に転勤していた。

菅井利一との接触については明確にならない。

工場は菅井の生産管理部直下にあるが、菅井は本社勤務で、根岸は工場の現場所属であるから直接会うことはまず考えられない。菅井はごくたまに工場で現場を見回ることはあるが、現場にいる者の名前をいちいち知るはずもない。

菅井と根岸が縁故関係ではないかを調べたが、これのつながりもなかった。

では根岸がなぜ菅井利一を知っていたのか。

彼は七月十八日午後、東京の菅井の自宅を訪ね妻栄子を脅して、松本市浅間温泉の別荘で夏休みを過ごしている菅井のところへ連れて行けといった。

あらかじめ拳銃を所持していたのだから、その凶器によって脅すか殺すかする計画だったのだろう。

だから根岸は菅井を知っていたとみるべきだ。菅井は根岸から恨まれていたようだ。前から菅井はそれに気づいていただろうか。

根岸は浅井と雪代を連れてどこへ行ってしまったのか。彼は二十三日の午後、電話をよこしたきり音信が途絶えている。

その間、彼は大滝、蝶の稜線へ登った。道原の推測では浅井も菅井も同行させていただろう。

根岸は、雪代だけを連れて、二十四日午前、長塀尾根を単独で登ってきた江国正敏を脅して、森林の中の立木に手錠でつないで放置した。

江国は冷たい雨に打たれ一夜を過ごした。弁当の入ったザックを背負わされてはいたが、両手の自由が利かず、ザックを下ろすどころではなかった。

彼はすんでのところで一命を落とすところだった。

彼は、手錠を掛けた長身の男を知らないといったが、江国の身辺内偵を警視庁に依頼した。それの回答もあったが、江国の背後からは根岸らしい男は浮上してこなかった。どうやら根岸は、山中でたまたま出会った男が単独行で、しかも年齢が人質の菅井に近かった。だから警察を嘲笑ってやりたくて、いたずらをしたのではないか。

根岸の人柄についての詳報も届いたが、過去に残忍な行為をしたという記述はなかった。

神奈川県警から送信されてきた報告書には、注目すべき項目があった。根岸は、一九九二年六月初め、横浜工場から突然、熊本工場転勤の辞令を受けた。

このとき熊本工場行きを命じられた社員は三人だった。

その年から中日本精工は、新規採用数を減らし、五十歳以上の社員には退職をすすめる肩叩きが始まっていた。定年前に退職すると、退職金に奨励金が上乗せされるのだった。

熊本工場行きを命じられた三人のうち根岸は、「本人の都合もきかずになぜ遠方の工場へ飛ばすのか」と、直属長に抗議した。しかしそれは、上層部が決めたことであり、熊本工場に人員不足が生じたことからの転勤と、彼の抗議は一蹴《いっしゅう》された。

辞令を受け取った三人のうち一人は四十八歳だった。この歳になって知らない土地へ家族を連れて行くわけにはいかないといって、退職した。

もう一人は四十三歳。三カ月ほど単身赴任していたが、高校生の子供を親戚にあずけ、小学生の子供を連れて妻は熊本へ移った。半年たったが、妻も子供もその土地になじめないといって横浜の前住所へ戻った。親戚にあずけられていた高校生が小さな事故を起こしたのもUターンの理由の一つだった。

このとき彼も退職を決意した。会社が人員削減の手段として、突然遠方への転勤を命じ、社員が嫌気を起こして退職していくのを待っているらしい。それなら会社が望むようにやめようということにしたのだった。

熊本工場に人員不足が生じたというのは、まったく嘘で、同工場でも人減らしをしていた。

「会社がやめさせたいと希《ねが》っている社員を、熊本工場へ転勤させると半数は成功する」という噂が広まった。

会社がやめて欲しいと希っているのは、四十代と五十代の社員だった。根岸のように三十代前半の社員が遠隔地へ転勤させられるケースはごくまれだった。

根岸は、横浜工場に戻らせてくれという手紙を、横浜工場の勤労課へ何通も出した。これが奏功したのか、彼はほぼ一年後、横浜工場に復帰した。部署は前と同じだった。

彼は自分の復帰運動を多くの同僚に話した。

ところが、横浜工場へ戻った年の十一月、仙台《せんだい》市にある東北工場への転勤命令が出た。

「なぜおればっかり、あちこちへと飛ばすんだ」

と、また上司に抗議したが、結果は前と同じで取り合ってもらえなかった。

根岸は、それ以上の抗議をせずに依願退職した——。

中日本精工は、九一年春から始めた社員削減策が実って、約千二百人の整理に成功した。

道原はこの報告書を読んで、根岸の怨恨《えんこん》は、かつて勤務した中日本精工にあるのではないかと推測した。

そこで、警視庁に、菅井利一は社員の削減策にどのような役目をはたしたのかの調査を頼んだ。

5

午後七時。病院から菅井利一が眼を醒ましたという連絡があった。

道原と伏見が病室へ入って行くと、菅井はベッドにあぐらをかいて粥《かゆ》をスプーンですくっていた。妻と娘が付き添っている。食べ終えるのを待って、妻と娘には病室の外へ出てもらうことにした。

「痛いところはありませんか？」

道原がきいた。

「からだ中が痛んでいます。えらい目に遭いました」

彼は、白髪が何本かある頭に手をやった。五十歳のはずだが、いくつか老けて見えた。

「浅間温泉の別荘からあなたを連れ出したのは、知っている男でしたね？」

「以前、会社にいた男です」

「横浜工場に勤務していた根岸佐知男ですね？」

「えっ。刑事さんには、分かっていたんですか」

「きょうになって分かりました。その男の人柄についても、経歴についても判明しました」

「たしか去年、退職したんですが、私の近くにいた社員ではなかったので、顔ぐらいしか知りませんでした」

「工場にいた社員の顔をどうして覚えていたんですか？」

「それは役目がら、しょっちゅう横浜工場へは行っていましたから」

神奈川県警の報告だと、菅井はごくたまに現場を回ることがあるとなっている。

「根岸は、十八日の午後、東京のあなたのご自宅へ行って奥さんに、あなたがいるところへ連れて行けといいました。その理由はあなたにはお分かりになりますね？」

「分かりません。私は、あの男と話したこともありませんから」

菅井は、顔をしかめて足を伸ばした。

「根岸は、あなたを狙うのが目的で拳銃を用意し、奥さんに案内させてあなたに会うつもりだったとみています。根岸はあなたの生命を狙うつもりだったとも受け取れます。狙われるあなたにはその心当たりがないという返事を、私たちは真に受けるわけにはいきません」

菅井は別荘から二十一日の午前中に連れ出された。その前に、妻の栄子を松本浅間カントリークラブのある山の中で解放している。

「私たちは、根岸はあなたにかねてからの恨みの復讐をしたのだとにらんでいます。何日か一緒にいたんですから、その間に根岸はなぜ復讐するのかを話したでしょうね？」

「いいえ」

「それでは、根岸はなんのために、人質を取ったり、ワゴン車を乗っ取ったりして、あちらこちらを逃げ回っているんですか？」

「ピストルを持っていることが分かってしまった。それで、警察に捕まりたくないからだと思います」

曖昧《あいまい》な答え方である。

道原は質問の方向を変えることにした。

「菅井さんは、どうやって根岸から逃げることができたんですか？」

「きのうの夕方のことですが、一緒にいた浅井という男が、逃げる方法を教えてくれました」

「浅井が……」

「私は登山をしたこともありませんし、何日間かどこにいるのかの見当もつきませんでした。急な斜面を登っているとき、浅井さんが根岸の眼を盗んで、この斜面を滑り落ちたように見せ掛けなさい。ザックを抱いて、腹で滑って行けば怪我はしない。何十メートルか滑り落ちてとまったら、森林の中へ隠れなさいと教えてくれました」

——たいていの場合、浅井は先頭を歩いていた。二番手が雪代、三番手が菅井で、背後から根岸に監視されている恰好だった。

三、四〇〇メートルのところを歩く人の姿を何度も眼にした。その人たちは大きなザックを背負って、ジグザグに登っていた。そこに登山道があるらしかった。

根岸をリーダーとする四人パーティーは、全員緑色のウエアを着、同じ色のザックを背負って、登山道を避けて登り下りした。

登りはキツくて、音《ね》を上げたりすわり込んだりすると、根岸は菅井の背中といわず尻といわず靴で蹴るのだった。

それを浅井は見ていた。

岩片のまじった砂地のような急斜面に出てしまい、進むことが困難になった。

そこで、パーティーの順列が狂った。根岸は進路を定めるために浅井と並ぶ位置に立って、二人は話していた。

これを菅井はチャンスとみて、浅井に教えられたようにザックを抱いて、急斜面に這った。

根岸の声がしたようだったが、菅井は砂礫《されき》と一緒に滑り下りた。

二度も三度も停止した。滑りつづけていないと、根岸に銃で狙撃されそうな恐怖感があった。

平坦な場所に着くと、ザックを背負って森林帯に逃げ込んだ。

浅井は、森林帯をどこまでも下ればやがて川にたどり着く。それが梓川だ。川沿いの広い道を歩いていれば、登山者かハイカーにかならず出会うといった。

日が暮れると森林の中は右も左も分からなくなった。一時間ばかり休んで、寒くなると歩いた。何度かに分けてザックのにぎり飯を食べた。

疲れはてて倒れ、明け方の二時間ばかりまどろんだ。眼を開けると明るかった。気づかなかったが、太い倒木の下に入っていたのだった。

二時間ばかり歩いたろうか。きのう浅井がいったとおり、川音がきこえ始めた。

車がすれ違えるほどの道路があった。その一段下には木道が通っていた。ハイカーの姿も見えた。

上高地に違いなかった。前に上高地から明神池《みょうじん》へ歩いたときを思い出し、川の流れに沿って下った。

はたして河童橋が見えた。橋の上には人が大勢いた。

菅井は犯罪者のように顔を伏せて、よろよろと歩いた。どこでザックを失《な》くしたのか覚えがなかった。

最も近いところのホテルの玄関に入った。女性従業員が声を掛けた。その声を夢のようにきいてしゃがみ込んだ——。

菅井の話をきいて、伏見が車の中から持ってきた地図をベッドの上に広げた。

「ここが、あなたが倒れ込んだ白樺荘です」

道原は、河童橋のほとりに指を当てた。

菅井は、きのうの夕方、砂礫の急斜面を滑り落ちてきた。そして森林帯に隠れた。広い川を見つけたのは、けさになってからだった。すると、きのう根岸の眼を盗んで滑落したように見せたところは岳沢《だけさわ》ではないか。

「あなたは、二十一日に別荘から根岸に連れ出されたあと、どこへ連れて行かれましたか？」

「すぐに青いワゴン車に乗せられました。それから、床にすわっていろといわれて、そのとおりにしていました。外が見えませんから、どこを走っているのか分かりませんでした。ずいぶん長いこと走り、砂利道に入りました。やっと座席にすわっていいといわれましたが、外はまっ暗でした。次の朝分かったことですが、森林の中の道でした」

この日、根岸は、浅間温泉から八ヶ岳山麓へ移っている。安曇野にいると見せかけておいて移動したのだ。

二十二日の夕方、根岸は体調不良を訴えた松沢房子を解放するつもりらしく、小淵沢町を走った。その途中の道路で、房子が民宿の従業員の今井雪代を見つけた。

根岸は気を変え、房子をそこで車から降ろすと、身代わりに雪代を人質に取った。

その夜、根岸は、雪代用の山靴とウエアを今度は穂高町の有明山神社の鳥居の下に置けと、警察に要求した。

署ではその物資に、浅井の腕にはまっている手錠のキーを添えた。両手が自由に使えるのと、手錠がぶら下がっていなければ、どこを歩いていても人から不審を抱かれることがないという配慮だった。

その手錠が後日、想像だにしなかったことに使われることになる。

二十三日、中日本精工から三人が署を訪れ、一億円で菅井を解放しないかという取引案が出され、これを根岸（その時点では青木と呼んでいた）に電話で伝えた。

一方、県警本部は、短銃所持の根岸を狙撃することを決定した。前夜、根岸が発砲したからだ。

「あなたたちは、いつ山に入りましたか？」

ベッドの上にすわって下を向いている菅井に、道原はきいた。

「雨の降る朝でした」

それは二十四日だ。

「山の取りつきまでは、ワゴン車で行ったんですね？」

「私にはどこなのか見当がつきませんでしたが、雑木林の中です。すぐ近くを小川か沢が流れていました」

――四人は、ワゴン車の中で登山装備をした。

それまでの食べ物や飲み物は、走っている道中で見掛けたスーパーマーケットで調達した。根岸が雪代を連れて降りるのだった。

菅井にとっては山靴をはき、レインウエアを身にまとって登山道を歩くのは初めての経験だった。荷は重かった。飲料水を背負わされたのである。

六、七時間かけて稜線に登り着いた。菅井はへとへとだった。

四人は稜線を越えて森林帯に入り、テントを設けた。

菅井が立てないといっても、根岸は容赦しなかった。テント設営を手伝わせたし、炊事の支度に手を貸せといわれた。

テントで一夜を明かした——。

「二十四日の昼近く、根岸と今井さんは、しばらくあなたと浅井のそばを離れていたのではありませんか？」

「そんなことがあったかもしれません。あの日は、逃げろといわれても疲れていて動くことができませんでした」

その間に、江国正敏という男が災難に遭っている。

二日前まで浅井の手首を苦しめていた手錠を、根岸は単独行の登山者の両手に掛けたのだった。

菅井はそれを知らないといった。江国はまだこの病院で寝こんでいる。

——次の日、雨は上がった。根岸はテントを撤収させた。眺望の悪い山径を下った。下りきると山小屋が二軒見えた。それを横眼に入れ、長い吊り橋を渡った。

梓川らしいという見当はついた。山をよく知っている人なら、山容を眺めて、現在どの辺にいるのか当てられるだろうが、菅井はときどき根岸に頭や肩を小突かれながら、川の流れに沿って歩いた——。

「あなたたちは、雨の日に三股というところから蝶ヶ岳新道を登って、大滝山と蝶ヶ岳を結ぶ稜線に出たのです。長塀尾根というところを少し下った森林の中でテントを張って夜を明かし、二十五日は徳沢に下った。そこには山小屋が二軒あります。それからやや上流の新村橋《しんむら》を渡って、梓川の右岸に出、川沿いを下って、今度は岳沢を登ったんです。そこであなたは滑落に見せかけて逃げ出したというわけです」

道原は、地図上で菅井がたどったコースを教えた。

浅井の知恵によって危険を冒しても逃げ出さなかったら、菅井は山中で倒れて死亡したのではなかろうか。

菅井の話によって、ワゴン車は三股付近の雑木林の中に隠してあることが分かった。きょう、根岸がそこに戻って、またも乗り逃げすればべつである。

菅井に逃げられた根岸は、もう山中を歩き回る意欲を失くしたのではなかろうか。

菅井の答えには歯切れの悪い部分がある。根岸がなぜ菅井を拉致したのかに触れると、とたんに返事が曖昧になるのだ。

菅井は根岸の怨念の原因を知っているのだ。それを話せないのはなぜだろう。

伏見は、根岸は間違いなく三股付近のワゴン車に戻るといった。

道原の推測は半々だ。ワゴン車に戻るか、どこかで投降するような気もするのだ。

署に帰って四賀課長にそれをいうと、

「伝さんの見方は甘いような気がするな。根岸はもうひと暴れするんじゃないかな」

「どんなことをやると思いますか？」

「やつは今まで、すべてわれわれの裏をかいてきた。まさかと思うことまでやった。

やつがやろうとすることの見当なんかつかないよ」

課長は腕組みして窓辺に立った。その背中は、根岸が拳銃さえ持っていなければばと悔やんでいるようである。

6

県警本部と豊科署は、翌七月二十七日早朝から三股付近に警官三十人を張り込ませた。根岸らが蝶ヶ岳新道を下ってくると予想したのである。

が、午前九時、またも想像しなかったことが起こった。

刑事課へ回ってきた電話を道原が取った。

「あのう、道原刑事さんいますか?」

疲れたような声の男がいった。

「道原は私です」

「ぼく、浅井です」

「えっ。浅井弘行か?」

「はい」

「いま、どこから掛けているんだ?」

道原は受話器をにぎった手に力を込めた。

伏見と牛山が寄ってきた。

「上高地です」

「上高地のどこ？」

「郵便局です」

「一人か？」

「今井さんと一緒ですが、彼女は近くの林に隠れています」

「根岸、いや、青木はどうした？」

「ぼくらをさがしていると思います」

どうやら、浅井は根岸のスキを見て、雪代を連れて逃げ出してきたようだ。

道原は、伏見に眼配せして、上高地の交番の巡査を郵便局へ走らせることにした。

「青木は、近くにいそうか？」

「岳沢の林の中から逃げてきました。たぶん、ぼくたちが上高地へ下ったものと思っているでしょうね」

「お前は自首する気で電話を掛けてきたんだろうな？」

「そうです」

「いますぐ、交番の人がそこへ行く。それまで郵便局の中に隠れていろ」

根岸は拳銃所持だ。浅井を見つけたら発砲するのではないか。

署内はにわかに騒がしくなった。車が四台、上高地へ登ることになった。人質の一人である菅井利一が保護されたことから、事件に大きな展開があるものとみたマスコミ関係者が、ゆうべから署をにらんでいた。彼らの車両もあとを追ってくることだろう。

道原らにつづいてくる車には、ライフル銃を持った狙撃手が二人乗っている。場合によっては根岸を撃つのである。

車が沢渡にさしかかったところで、交番の巡査が浅井弘行と名乗る若者と郵便局で接触したという無線が入った。が、浅井を交番へ保護したとはいわなかった。

ひょっとしたら浅井は、上高地の人混みの中に根岸の姿を認めたのではないか。それで郵便局から外へ出られないのではなかろうか。

郵便局はバスターミナルのすぐ横だ。最も人が集まる場所である。そこで発砲でもされたら、ハイカーを巻き込むことにならないともかぎらない。

上高地の駐車場に到着した。下って行く大型バスが多い。ここから乗鞍《のりくら》へ回る団体客を乗せたバスもある。

道原と伏見は、根岸に顔を知られているから、鍔《つば》のある帽子を目深にかぶって、デイパックを背負っている。ハイカーに化けたのだ。

バスターミナルと商店横の広場には人があふれているが、上高地郵便局に寄る人は意外に少ないのだ。そこでは特製の絵はがきを売っている。

道原はバス案内所から郵便局に電話を入れ、巡査を呼んでもらった。

浅井と巡査は、休憩室にいるのだという。

道原らは郵便局の裏口を開けてもらった。

狙撃手がついてきた。

根岸は浅井を使って、道原と伏見をおびき寄せたことも考えられたから、周囲を警戒して、郵便局に飛び込んだ。

浅井は椅子から立って頭を下げた。顎に黒い不精髭が伸び、顔は煤《すす》をかぶったように汚れていた。緑色のウエアにはいくつか鉤裂《かぎざ》きがあった。

両手を挙げさせた。なにも持たずに山を下ってきたのだという。

裏口に横づけした車に浅井を乗せた。今井雪代が隠れている場所をきいた。

五千尺《ごせんじゃく》ホテル裏側の林の中だと分かった。

浅井を乗せた車はすぐに発車した。途中からサイレンを鳴らして署に連行する。

雪代は疎林の中にひそんでいた。道原が二回声を掛けると、太い幹の横に顔を出した。

「十五分ばかり前に、青木さんがそこを通りました」

彼女は蒼い顔をして細い声でいった。

やはり根岸はこの近くにいる。上高地の人混みにまぎれ込んだに違いない浅井と雪代をさがしているのだろう。

彼は河童橋とは反対方向の小梨平《こなしだいら》キャンプ場のほうへ行ったという。そこで二人を見つけられなかったら、また引き返してくるか、あるいは無関係なハイカーを人質に取って、長塀尾根を登ることも考えられる。

根岸の服装を雪代にきいた。

「わたしと同じですが、同じ色のザックを背負っています」

彼女は浅井と同じで、警察が青木の要求にしたがって差し入れた緑色のウエアを着ていた。

彼女も車に乗せられて署に向かった。

道原と伏見は、狙撃手ら十人とともに小梨平をさがしたが、根岸を見つけることはできなかった。

伏見らを上高地に残して、道原は署へ帰った。

浅井は顔を洗ってさっぱりした顔でいた。

四賀課長の話だと、よほど腹を空かしていたらしく、カツ丼とキツネうどんを平げたという。

今井雪代も、うどんが食べたいといった。同じキツネうどんを出してやったが、半分ほど残したという。

彼女は、民宿の早乙女荘にも自宅にも連絡した。民宿の松沢忠作が彼女の両親を車に乗せてやってくることになっている。

「奥さんは、退院できたそうです」

雪代は、房子のことを道原に報告した。

雪代は、婦警の降旗節子に、

「すみませんが、松沢さんたちが着くまで、寝させていただけませんか」

といって首を折った。彼女は上高地からの車の中でも眠っていたという。

署では雪代と浅井のために医師の往診を要請した。

浅井もひどく疲れているようだ。彼を寝させる前に簡単に事情をきいた。

――彼は、小淵沢駅で刑事の手から手錠を解かれたが、スキがあったら逃げ出そうと考えていた。だが、根岸は、「もしお前が逃げたら、誰かが死ぬのを忘れるな」と何度もいわれ、人質の安全を考えてじっとしていたと供述した。

ゆうべは、岳沢の森林帯にテントを張った。

けさ、根岸がキジ撃ち（用便）に行ったスキに、浅井は雪代を促してテントを抜け出した。根岸もやはり疲れているらしく、食事をしながらスプーンを取り落とすこともあった。だが、拳銃を収めたウエストバッグだけは手放さず、眠るときもそれを両手で押さえていた——。

四賀課長と道原は、浅井の取り調べを三十分ほどで切り上げた。

その直後である。署の玄関に小型トラックが一台着いた。交通課の巡査が出て行くと、「道原という刑事《デカ》に会いたい」と、汚い顔をした男が窓を下ろしていい、黒いウエストバッグを巡査に手渡した。そのバッグはずしりと重かった。

巡査の知らせで道原は玄関へ出て行った。

巡査からバッグを手渡された。ファスナーを裂いてみた。中身はなんと拳銃だった。そのほかは数枚の一万円札と硬貨だった。

「根岸佐知男。さんざん手こずらせたな」

小型トラックの窓に腕を掛けて、タバコを吸う男に道原はいった。

庭木で鳴いていた蟬の声がはたとやんだ。

「おれの名を、菅井にきいたのか？」

「きく前から分かっていた。細かい経歴もな」

「そうかい。じゃ、きょうは取り調べなしで寝かせてもらえそうだな」

「車から早く降りろ。ところで、どこから盗んできたんだ、その車は？」

「バスで島々《しましま》まで下った。畑を見にきたおっさんが、エンジンを掛けたままにしておいたんで、ちょっと借りてきたんだ」

「この車と、ワゴン車を持ち主に返さないとな。ワゴン車は、三股の雑木林の中か？」

「よく分かっているじゃないか。いま、そこの地図を描くからな」

根岸は吸い殻を指ではじき飛ばすと、車を降りた。

根岸を寝させる前に、ワゴン車の隠し場所の地図を描かせた。

「ききたいことが二つある。その一つは、長塀尾根で手錠を掛けた人を、前から知っていたのか？」

江国正敏のことを道原はきいた。

「ああ、あのおっさんか。菅井利一に歳恰好が似ていたんで、ああやっただけさ」

「あの人は登山者に見つかったから生還できたが、もう数時間あのままだったら、どうなっていたか分からない。それでもいいと思ったのか？」

「登山道の近くだから、わりに早く見つけられると思ったけどな」

「もう一つは、菅井利一さんを、最終的にどうするつもりだったんだ？」

「別荘に送り帰すつもりだった」

「さんざんひどい目に遭わせておいてか？」

「そりゃ、やつには恨みがあったからな」

「どんな恨みだ？」

「やつは刑事さんに答えなかったのか？」

根岸は、ふてくされたように横を向いていたが、顔を真っ直ぐに立てた。

「恨まれる覚えなどないといってる」

「あの野郎。あいつにこそ、手錠を掛けておくべきだった」

——根岸は、ときどき工場を回りにくる菅井の顔をよく知っていた。菅井は現場のチームを集めて訓示をしたり、各人の意見をきくこともあった。

三年前の一月か二月のある夜だった。横浜市内の山下町《やました》の中華街にある店で、若い女性同伴の菅井とばったり会った。根岸は男の友人二人と一緒だった。

菅井は根岸たちより先に店を出て行った。そのとき、彼は根岸の肩を軽く叩いた。どういう意味かはそのあとで分かった。菅井は根岸らの飲食代を支払って帰ったのだった。

菅井にとっては、まずいところを見られたのだ。

その年の五月だった。彼は勤労課に呼ばれ、突然、熊本工場転勤を命じられた。理由をきいた。「上部からの指示だ」といわれた。

上部といっても漠然としている。自分ではそれまでに仕事のミスも、人間関係のトラブルも起こしていないつもりだった。上司に反抗したこともなかった。

その前から社内では、大幅人員削減策が打ち出されてはいた。それはリストラクチュアリングの一環で、四十代、五十代の社員が整理の対象となった。

根岸の近くにいた四十代後半と五十代の人から、「肩を叩かれた」という話をきいていた。

根岸は、誰が誰をやめさせるかを決めるのかに関心があった。

彼は辞令にしたがって熊本工場へ転勤した。

人員不足が生じたのでその補充ということだったが、熊本工場でも毎日何人かが肩叩きを受けていた。

彼はある日、同僚から、横浜工場の人員整理には生産管理の菅井副部長が深くかかわっているという話をきいた。

根岸は、横浜工場にいる親しい同僚に、菅井が、人員整理にかかわっているという噂の真偽を調べてくれと頼んだ。

その回答はすぐにあった。

本社では、菅井利一本人が人員整理を受ける対象だった。ところが彼は、社内の大学の先輩やコネクションを利用して、生き残り工作を懸命に図った。

その効果はあった。が、「社の利益に貢献しそうもない社員と、転勤などに即応できない社員の四十人を、責任を持って退職させるように」という交換条件が出された。

その日から菅井は、整理対象者の人選に入った。

その情報を入手した根岸は、横浜工場の勤労課長宛に、復職を請願する手紙を送った。返事がこないから何度も送った。

転勤して一年後、横浜工場に戻ることができたが、今度は仙台市の東北工場へ行けという辞令を受け取ることになった。

根岸は退職することを決意し、本社の菅井に宛て、「卑怯者」と書いた手紙を送った。氏名も自宅も明記したが、なんの反応もなかった。

根岸はその後、二カ所の小さな会社に勤めたが、大企業に勤めていた者の悲哀をいやというほど味わった。

たいていの同僚が、事故でも起こして退職したか、解雇されたのだろうと、白い眼を向けるのだった。

四年間交際し、東京のアパートで一緒に暮らし始めた女までが、同じことをいった。

彼はその女を叩き出した。

最後に勤めた塗装会社では、欠勤が多いということでクビになった。ならなくてもやめるつもりでいた。菅井利一に復讐しないではおかないと心に決めたのだ。

塗装会社の仕事は根岸にとって最低だった。

その会社は、空き地に立った看板や、高速道路の橋桁《はしげた》を塗り替える作業を請け負っていた。根岸の仕事はその作業の前の草刈りだった。くる日もくる日も、難聴になりそうな音を出す草刈り機を、右に左に振っているのだった。

六月中旬の薄陽の差す日、彼は道路下で草刈りをしていた。すると一メートルほどのところへ、なにかが落下した。頭上を仰いだ。灰色のコンクリートの橋梁《きょうりょう》が視界を遮っているだけだった。

落ちてきた物は茶色の紙袋だった。拾い上げてみると、それは手にずしりとした重さがあった。開いてみて彼は腰を抜かした。拳銃が一丁、タオルにくるまれていたのだ。

彼は本物の拳銃を手にしたのは初めてだった。それを橋桁の下の草の中にそっと隠した。落とした人が取りにきそうな気がした。

彼は次の日、仕事を休むことにした。橋の下の草刈りには五日を要することになっていたが、拳銃が落ちてきた場所は二日目に刈る範囲だった。落とした人が拳銃をさがしにきたら、彼に紙包みを見なかったかときくだろう。

一日欠勤して橋の下へ行ってみると、茶色の紙袋はそのままになっていた。

彼は軍手をはめた手でもう一度拳銃をにぎった。これがあったらなんでもできそうな気がした。袋の底に弾丸が二十発あった。足を洗うヤクザが、警察に届けられなくて、捨てたのだと思った。

彼の頭に、菅井利一の顔が浮かんだ。一生かかっても困らせてやりたい顔である。己の保身のために、真面目な社員を四十人も退職に追い込んだ男だ。四十人の中には、会社をやめたために、路頭に迷うような心境になった人も何人かいるだろう。たとえ再就職に成功しても、日々の精神状態は中日本精工に勤めているころとは違っていることだろう。「誰の人選によって、おれはやめる羽目になったのか」と、首をひねる人もいることだろう。

根岸は塗装会社へ行って、あの橋の下の草刈りは嫌だといった。

すると彼とはいくつも歳の違わない上司は、なぜ嫌なのかの理由もきかず、「会社をやめてくれ」といった。

根岸は、その男をにらみつけただけで、退職することにした。

橋の下に戻った。買い物袋に茶色の紙袋を拾って入れた。

電車で川崎《かわさき》に出、多摩川《たまがわ》の土手で日暮れを待った。草むらに入り、流れのほうに向けて拳銃の引き金を引いた。肩に反動があった。この威力なら人間の胴体を射抜くぐらいは簡単だと思った。

菅井利一の住所はすぐに分かった。家族構成も知った。平日の昼間は妻一人だということも分かった。

菅井の退社時でも狙って拳銃で脅し、人目につかない場所へ連れて行き、彼のからだを拘束して、何日間か食物も水も与えずにおくことを考えた。

だが、連れ去ることに失敗したら、二度と目的をはたせなくなる。

七月十八日、中日本精工の本社へ電話し、菅井を呼んだ。いい加減な名を使って呼び出すつもりだった。

「菅井は夏休み中でございます」

若い女性がそういった。出社は二十七日だという。

それをきいて根岸は、菅井の自宅へ押しかけることにした――。

道原は病院へ菅井を訪ねた。きのうとは顔色がまったく変わり、話す声にも張りがあった。

根岸が自首してきたというと、折角回復しかけていた顔色が蒼白になった。

根岸の供述がほんとうかどうかを質した。

菅井は首を垂れ、すべては自分の身の安全を守るために、根岸を退職させたい四十人の中に選んだことを白状した。

民宿・早乙女荘のワゴン車は、やはり三股付近の雑木林の中で発見された。車内には、延べ六人の生活の痕跡が残っていたという。

きょうの豊科署は騒がしい。山梨県警からも諏訪署からも係官がくるという連絡があった。

マスコミは、根岸や浅井についての警察の記者発表を待って、数十人がどっと押しかけた。

豊科署の上空も、大滝山や蝶ヶ岳の稜線の上もすっきりと晴れ上がっていた。

署の前の道路を、安曇野を散策するハイカーの自転車の列が行く。平穏で安閑とした風景である。

二〇一四年十一月　有楽出版社刊

本作品はフィクションであり、実在の個人・団体とは一切関係がありません。（編集部）

実業之日本社文庫　最新刊

睦月影郎
美女アスリート淫ら合宿
童貞の藤夫は、女子大新体操部の合宿に雑用係として参加する。美熟女コーチ、４人の美女部員、賄い係の巨乳主婦との夢のような日々が待っていた！

む２11

木宮条太郎
水族館ガール6
派手なジャンプばかりがイルカライブじゃない――アクアパークのイルカ・ルンのおなかに小さな命が。出産に向けて前代未聞のプロジェクトが始まった！

も４６

山本幸久
あっぱれアヒルバス
外国人向けオタクツアーのガイドを担当したデコ。しかし最悪の通訳ガイド・本多のおかげでトラブルが続発で大騒動に…!?　笑いと感動を運ぶお仕事小説。

や２３

吉田雄亮
草同心江戸鏡
長屋の浪人にして免許皆伝の優男、裏の顔は!?　浅草は浅草寺に近い蛇骨長屋に住む草同心・秋月半九郎が江戸の悪を斬る！　書下ろし時代人情サスペンス。

よ５４

浅田次郎、火坂雅志ほか／末國善己編
動乱！　江戸城
泰平の世と言われた江戸250年。宿命を背負って困難と立ちむかった人々の生きざまを、浅田次郎、火坂雅志ほか豪華作家陣が描く傑作歴史・時代小説集。

ん２９

筒井康隆 原作
筒井漫画瀆本　壱
日本文学界の鬼才・筒井康隆の作品を、17名の漫画家が衝撃コミカライズ！　SF、スラップスティック、不条理……予測不能のツツイ世界!!（解説・藤田直哉）
ん７３

実業之日本社文庫 あ 3 13

反逆《はんぎゃく》の山《やま》

2019年8月15日　初版第1刷発行

著　者　梓《あずさ》 林太郎《りんたろう》

発行者　岩野裕一
発行所　株式会社実業之日本社
〒107-0062　東京都港区南青山 5-4-30
CoSTUME NATIONAL Aoyama Complex 2F
電話 [編集]03(6809)0473 [販売]03(6809)0495
ホームページ　http://www.j-n.co.jp/
印刷所　大日本印刷株式会社
製本所　大日本印刷株式会社

フォーマットデザイン　鈴木正道(Suzuki Design)

ISBN978-4-408-55492-1（第二文芸）